KISEKAI
ILLUST.
大熊まい
奇世界大縱走
救援者尤里的迷界手帳
TRAVERSE

CONTENTS

KISEKAI TRAVERSE

這棵被冠以悠久
之名的大樹，
正不斷溢出與
星雲媲美的絢爛光輝。
「怎麼會……
如此美麗……」

在名爲迷界的異境之地，
與不可思議的巨大生物共同旅行。
兩人就這樣開始了一段漫步於海上的奇妙行進。
「好～
肚子也餓了，
差不多該找點吃的嘍。」
「快看，尤里！
是島呀！」
© MAI OKUMA

奇世界大縱走

救援者尤里的迷界手帳

封面、彩頁、內文插圖

大熊まい

序章　——某位冒險者的手記——

KISEKA
TRAVER

【入界6小時　貝爾系·席拉索·第33界相：『亞宗』】

『賈里亞德隊探索日誌　筆記者：漢斯·狄姆貝爾納

一八三〇，依照計畫抵達克爾納湖。詳細報告，結束。…………因為當我要把日誌闔上的時候被比爾罵了，所以下面我以雜記形式進行記載。這次由我負責做手記。比爾實在太亂來了。我跟莉娜莉不一樣沒什麼文才，一定也只能簡單羅列事實而已啊。算了，畢竟不可能會有人讀到，也就無所謂了。在寫這些東西的時候就已經沒梗了，我想就再寫一段例行的句子做個結束吧。願這段旅程為我們三人帶來豐碩成果，願女神的慈悲與我們同在。』

——……

——……

【入界171小時　利格納斯系·特拉納索·第14界相：『歐姆格』】

『自從踏上旅程後，地上時間已經過了一週。旅程順利，適應也沒有問題，也開始習慣新的背包了。不過如果能夠把梅貝斯皮革的氣味搞定就好了。另外，比爾成功獵殺了歐姆格大鹿。今晚吃了一頓大餐。』

【入界189小時　利格納斯系・特拉納索・第14界相：『歐姆格』】
『遇到了里茲登特隊，對方似乎在回程的路上。雖然問狀況如何他們回答「還好」，但從阿德羅納的表情看起來，他們應該是挖到了大量的鼠紋礦石。我們約好了回去後他們會請客，期待「宴宴亭」的套餐。』

【入界291小時　阿拉諾系・梅塔斯索・第2界相：『克雷邦斯』】
『我們跟一群奇紋凱鳥交戰。在通過門的時候突然遇上了牠們，雖然我們設法逃脫，但莉娜莉的右臂還是遭到咬傷。抗生素似乎有效，她沒有感染的跡象，是不幸中的大幸。閃光彈用完這點有些傷腦筋。』

【入界302小時　阿拉諾系・梅塔斯索・第34界相：『拉納希歐』】
『莉娜莉發燒了。我們認為是因發炎所導致的症狀。儘管傷口沒有看到化膿，不過在這個世界裡並不存在所謂「確實的推論」。經過一番協議，結果我們就照比爾的提案，選擇經過「拉格維亞」返回的路線。雖然危險度高，但我們只能這麼辦了。女神啊，請賜予我們庇護。』

【入界399小時 阿拉諾系・梅塔斯索・第7界相：『拉格維亞』】

『遇上了一群「惡疾群狼」。我們一直都有注意，但還是不小心穿越了牠們的勢力範圍。現在我們正被追蹤，沒辦法甩開。』

【入界407小時 阿拉諾系・梅塔斯索・第7界相：『拉格維亞』】

『在野營地受到四次夜襲。這是小規模集團的威嚇行動。那些傢伙很聰明，就是用這種方式逼迫獵物。我們沒辦法得到充足的睡眠，腦子迷迷糊糊。就算一個小時也好，好想睡。』

【入界？？？小時】

『有低吼聲。不管走到哪裡都有低吼聲。我已經分不清是幻聽還是真的聲音了。所有人都筋疲力盡。牠們肯定會在日落前發動攻擊。怎樣都好，要來就快點來。我只想結束這一切。如果能夠活下來的話，我——（頁面於此處中斷）』

——……

——……

「——喂，漢斯！你在做什麼！漢斯！回答我！」

比爾的呼喊聲讓漢斯回過神來。

「……這……這裡……是……？」

四周是樹木茂密的黑暗密林。漢斯的視野中浮現出來的是隊友們疲累不堪的身影。眼前的比爾全身都是血跟泥土，而蹲下身去整個人蜷縮成一團的莉娜莉正痛苦的喘息。接著他看向自己的身體，發現左邊大腿有一道被銳利的東西撕裂的傷痕。

到底發生了什麼事……？

無法理解狀況的漢斯被比爾強烈的搖晃著肩膀。

「振作點！我們……我們三個要活著回去，對吧！」

在聽到這聲激烈叫喊的瞬間，漢斯回想起他的頭腦一直在拒絕的現狀——他們現在正被一團兇猛的惡疾群狼包圍，也就是最壞的現實。

「抱，抱歉，我……」

「沒關係，漢斯，重要的是你站得起來嗎？你的肩膀就借莉娜莉一用吧！只要能走到艾爾湖畔的『門』，一定就會有辦法的！」

比爾用這句話跟開朗的語氣努力鼓舞大家。可是……。

「……不可能的，比爾……我們已經被包圍了……想要甩開牠們逃到湖畔，根本……。」

莉娜莉以虛弱的聲音搖頭說。

惡疾群狼會集體狩獵，是狡猾且執著的獵獸。牠們的凶暴習性驚人到只要對方跟自己是不同群體，就算是同一個種族也會同類相食。牠們一旦鎖定獵物就不會放棄。即便現在只是在觀察狀況，不過一旦知道我方沒有反擊的餘力，牠們就應該會立刻撲過來才對。要突破這種猛獸的包圍網，並逃到距離這裡好幾十哩外的艾爾湖畔，對於滿身傷痕的三人來說，是絕對辦不到的。

「啊，別放棄啊，莉娜莉！還有希望！只要找到包圍最薄弱的地方，大家再一起戰鬥的話……！不然我可以來當誘餌……！」

然而，比爾的聲音聽起來就是很空虛。

「抱歉啦，比爾……我和莉娜莉的意見一樣……。」

跟莉娜莉看法相同的漢斯，露出了看破一切的笑容。

「你也很清楚吧？——在『這裡』，奇蹟是不會發生的。」

是的，在這個「迷界」裡，「奇蹟」這個詞彙並不存在。弱者會死去，強者能生存。這個世界非常簡潔，卻又極其殘酷。這個地方就是所謂的迷界。

因此，等待他們的命運已經註定了。肉體被殘忍的爪子撕裂、四肢被強壯的牙齒咬斷、並在痛苦和恐懼的巔峰中斷氣——如此悲慘的結局，在強者才是唯一絕對正義的迷界中，是身為弱者的三人必然要承受的懲罰。

從這個地方逃脫的方法，已經只剩下一個。

「比爾——我們就做個了斷吧。」

「你，你在說什麼……!?」

「到此為止了。你應該最清楚才對。」

比爾、漢斯、莉娜莉……三個人組隊潛入迷界，已經有六年又三個月。從數字上看，這絕對算不上是很長的時間。但他們之間做到了字面意義上的生死與共，結下了比在地面上共同度過百年還要深厚的情誼。

正因如此，他們才做了決定。

自己的死其實並不重要。他們都是冒險者，全都帶著這樣的覺悟來到這個迷界。然而，他們死也不想看到比生命還重要的夥伴慘遭無情殺害的模樣──每個人的想法都是一致的。

如果命運無法逃避，至少要有一個沒有痛苦的結局。

除了比爾以外的兩人，各自從懷中拿出了槍。

「女神的慈悲」──這把掌心大小的小型手槍，在冒險者之間是這麼稱呼的。有效射程還不到一公尺，威力也很低，至於能裝填的子彈數量只有一發。以武器來說，這玩意幾乎沒有什麼用處。

而這「女神的慈悲」之所以被冒險者視為必需品的理由，其實也只有一個。那就是自殺用──在罹患致死的感染症、因戰鬥受到嚴重的傷害，或者是陷入無能為力的困境時，至少可以不痛苦的死去……正好就像現在的他們這樣。

「別鬧了，你們兩個別放棄啊！算我求你們了……！」

比爾神情激動的極力懇求。不過，兩人只是平靜地搖了搖頭。他們的眼神中沒有恐懼，只有靜謐的決心。

比爾看著夥伴們的眼睛，說不出話來。光看一眼就知道，他們的決心是不會動搖的。畢竟，他們一直在一起走過來了。

比爾緊咬嘴唇，咬到已然出血。

「……抱歉……如果……我能更細心一點的話……！」

憂心如焚的不甘，以及湧上心頭的無力感。比爾為自己的不中用而垂頭喪氣。他把重要的夥伴們引向了死亡。一切的責任都在自己這個隊長身上。

一個又一個的選擇，讓團隊走到了這個狀況。如果其中的某個地方能夠選擇正確答案的話，也許就不至於變成這樣——

「抬起頭來，比爾。多虧有你，我們才能夠走到現在。」

「……說得、沒錯……！我，真的很開心……！」

在馬上要為生涯劃上句點的時刻，兩人露出了發自內心的笑容。

這實在令人悲傷到極點……然而，比爾也跟著笑出聲來了。

「……啊，說得對啊。」

惡疾群狼的嚎叫聲此起彼落，不知不覺已經越來越逼近。想必牠們已經完成確認，再過不久就會一齊露出獠牙襲擊過來，不會有錯。

只不過，這種事已經都無所謂了。

將「女神的慈悲」抵在自己太陽穴的三人，彼此握著手圍成一圈。他們的表情已沒有先前的恐懼和焦慮。

曾經有某個地方的詩人說過：「死亡是偉大的冒險」，如果是這樣的話，又有什麼好怕的呢？畢竟這趟往生之旅是我們三人一起走，跟過去的日子也沒有什麼不一樣。

接下來三人的手指同時扣下扳機——

「——喂喂，太浪費了啦。那個子彈一發，在這裡可以賣到三萬盧克斯喔？」

頭頂落下一道聲音，撕裂了原本安寧的結局。

他們一起抬頭張望，發現樹上有一個人影，不知是什麼時候現身的。然而那個影子，完全不適合在這個場合出現

「小、小孩……!?」

對方有著一頭稍微自然捲的漆黑頭髮、一雙如同燃燒火焰的緋紅色眼睛、還披著一件將小個子的身形完全裹住的黑色長大衣。年齡大概在十五、六歲左右。這名打扮看起來還有點冒險者模樣的少年，用他那未失稚嫩的臉頰露出了頑皮的笑容。

這個神祕少年，開口第一句就拋出一個問題：

「——所以，多少錢？」

「啥……？」

面對驚愕失聲的三人，少年再次重複他的話：

「所～以～說～！我問你們願意為自己的生命出多少錢啦。」

聽到這一句話，比爾猜到了少年的真面目。

© MAI OKUMA

「這樣啊，原來你是『救援者』啊……！」

「救援者」——照字面解釋便是以救助遇難者為生之人的總稱。換句話說，對於現在的比爾他們而言，少年就是最值得感謝的援手。

「我、我們得救了……！這裡有一百萬盧克斯！就用這筆錢委託你救援！」

說完這句話，比爾就從懷裡拿出了一只小布袋，裡面裝滿了昂貴的寶石。儘管對方要價比市場行情高很多，不過對於救援人員，他們在口頭上不能吝嗇。

從樹上跳下來的少年在確認了那只小布袋之後，愉快的點頭說：

「很好很好，你們一點就通真的很棒！放心，我會保證回家之路是安全的！」

這樣一來交涉就順利達成了……雖然三人是這麼認為，不過他的話還有下文。

「好啦，所以……誰要來？」

他唐突提出了這個選項，讓三人不由自主地眨起眼睛。他們甚至不明白，少年到底要他們選擇什麼。

面對這樣的三個人，少年反而一臉不可思議的如此詢問：

「喂喂，你們要救誰，這點小事一開始就該決定好吧~？如果你們只付一人份的價錢，對不對？」

少年的嘴角露出不懷好意的笑容。在理解這句話意思的瞬間，三人的臉色變了。

「——救援費是『一個人頭』一百萬盧克斯。我一個盧克斯都不會少收喔。」

「什麼……！」

少年提出來的金額是一般市場行情的三倍以上。這是很露骨的敲詐。

「太、太卑鄙了……！你想在這種時候抓住我們的弱點嗎？」

對於這種明擺著要搶劫的行為，漢斯不禁失聲叫喊。對方竟然在生死關頭時使壞，實在無法想像這是有良知的人會採取的行動。

然而，少年對他的憤怒只是用鼻子哼一聲笑過去：

「哈哈！你～在說什麼呢。以生命的價格而言，這算便宜的啦。或者你們打算說自己就只有這種程度的價值嗎？」

講完這句話，少年笑得更讓人惱火了。他已經沒有掩飾的意思，感覺上就是要展露出自己有絕對的優勢……不過，他用溫和的口氣說出了接下來的話：

「不過嘛，如果你們不想付錢的話我也沒辦法。畢竟在這種狀況下強迫銷售也不公平。反正我也有『替代商品』，如果各位希望的話也可以選擇那個啦。」

「替，替代，商品……？」

「是啊，沒錯。」講完這句話，少年便開口說明他的另一樣「商品」。

「就是使用天然檜木打造的最高級棺材喔。對於現在的你們來說，這應該是最需要的東西才對？這樣，現在我就給你們出血大優惠，三套特價只要一萬盧克斯就好。怎麼樣，很有良心吧？——這樣的話，喪禮的錢就不用跟我討價還價了喔？」

少年的眼睛閃爍著卑劣的光芒。他那連他人的生命都打算用金錢交換的笑容，看起來比四面包圍的那些野獸還要冷酷得多。

「好了，你們差不多也要決定了吧！是生、還是死；是金幣、還是墓碑；是生命、還是棺材？——這是你們的冒險，由你們來選擇!!」

就這樣，少年迫使三人做出最後的選擇……不對，對於比爾來說，這根本不能當選項。因為從一開始，他就不可能把重要的夥伴跟金幣放在秤上去衡量。

「……好吧，這是頭期款。回去後我會再付三倍的錢。我以冒險者的名譽……不對，我以我最重要的夥伴發誓。」

少年的眼睛在短短一瞬間直盯著比爾不放。再過了幾秒鐘之後……少年露出了不懷好意的笑容。

「也好，交易成立！」

就這樣，少年開始說出一些奇怪的話語。

「這樣的話，首先……就從處理傷口開始。」

少年彷彿理所當然地低聲說道。不過聽到這話的比爾卻皺起了眉頭。

「等、等一下！我很感謝你的好意……不過重要的是，我們應該要馬上離開這裡才對吧？」

的確，三人都受了某種程度的傷，毫無疑問有治療的必要性。不過現在更迫切的危機是……一群飢餓的野獸正在逼近。如果有人無法行動的話就另當別論，但在這種情況下優先處理傷口很明顯是錯的。

然而，少年並沒有要聽進去的意思。

「不對，這件事才最優先……那麼，叫莉娜莉的人，就是……啊，是妳吧？讓我看一下妳的傷。」

少年走到莉娜莉身邊，也不顧她是否同意就捲起了她的右手臂袖子。到底他是在哪裡得知她的名字呢？莉娜莉露出來的上臂，早已緊緊纏繞著繃帶。

「你看吧，那個傷口早就已經處理完了。重要的是告訴我們該如何突破惡疾群狼的包圍！你一定有什麼計畫對不對？」

「你乖乖看著就好，我們沒有時間了……喂我說妳，把眼睛閉上，絕對不可以動喔？」

少年完全沒有去看比爾，一把抓住了莉娜莉的手臂。在他接下來似乎要做些什麼的時候……竟然開始對傷口施加壓力，彷彿要對它進行摧殘一般。

「嗚唔——!!?」

莉娜莉的嘴唇發出了不成聲的尖叫。裂開的傷口慢慢地滲出紅色的斑點，繃帶在一瞬間染成鮮紅色。

「喂、喂，你!?」

漢斯發出怒吼向少年逼近。儘管不知道對方想做什麼，可這樣做非但不是治療，反而會讓傷口更加惡化。他沒辦法坐視不管。

然而打算要抓住少年的漢斯，卻在中途突然停下了腳步。因為一把鋒利的刀子已然刺到了他的喉嚨前方。

「——我接受的委託是確保你們三人生還。如果你打算阻礙的話……就算是委託人我也不會手下留情。」

握著刀的少年，聲音流露出一種無法想像是孩子會有的銳氣。事已至此，漢斯也無法插嘴干涉。在看到漢斯沉默下來之後，少年再度回頭進行看起來沒什麼意義的作業。

少年一面微調按壓的位置一面執著觸診。正在癒合的新傷口遭受擠壓，讓莉娜莉死命咬緊嘴唇，忍受劇烈的疼痛。

這到底有什麼意義？這不就等於是拷問嗎？——就在比爾等人即將化疑惑為行動的的時候，事態突然有了變化。

「……………奇……怪……？」

明明傷口還是跟先前一樣一直受到二次傷害，不過莉娜莉的臉色卻沒有任何變化。別說疼痛了，她似乎連被觸碰的感覺都沒有。就連莉娜莉本人也因完全沒有任何感覺而露出不可思議的神情。

少年看到她這模樣，靜靜的點了點頭。

「很好，是這裡吧……喂妳，千萬別動。」

少年邊說話邊起身站立，慢慢的繞到莉娜莉的背後。

而在下一刻，他毫不猶豫地開始勒緊她的頸部。

「——嗚唔唔!!?!」

突然的暴行讓莉娜莉掙扎起來。不過那也只是片刻的事。頸動脈被完全堵住的莉娜莉，瞬間就失去了意識……整個過程還不到三秒鐘。

「你、你……!?」

「不好意思啦，沒時間等麻醉藥生效了……不過，她大概中途就會醒過來了，幫我壓著她。」

「不要開玩笑！我們不可能信得過你吧！」

迷界會迷惑人心——在長期持續潛伏於迷界的冒險者當中，有許多人的精神出了問題。即使同樣都是人類，也不必然是盟友。

可是，他們基本上並沒有別的選項。

「……知道了，我來壓。」

「比爾!?可是……。」

「這次就照他說的做。」

比爾就這樣前進到莉娜莉身邊，少年則迅速開始準備。

他用繩子緊緊捆綁著失去意識的莉娜莉的手臂，放一塊布在她嘴裡防止她咬到舌頭，再用高純度的酒洗淨手指和傷口之後，從懷裡拿出一把細長的刀子。接下來，少年毫無一刻猶豫的將刀尖碰上傷口。

一劃下去，宛如撫摸一般輕柔，又精準到連一公厘的偏差也沒有。刀尖切開了肉體，從裂開的切口部位，可以隱約看見活生生的肌肉和脂肪層；而在轉瞬之間，深紅色的鮮血液汩汩湧出。

彷彿生命力本身正在直接流逝，這幕光景令人厭惡。在一旁靜觀的比爾等人忍不住將臉別了過去。躲避損壞的人體是一種本能的情緒，更不用說那是同伴的身體。然而少年卻面不改色地移動刀子，當他切開了大約十公分長的傷口後，就把刀子放下……然後把指尖戳進切開的部位。

「——嗯……嗯嗯嗯〜〜〜〜！」

瞬間，莉娜莉的身體如同被彈開一般向上彈跳。莉娜莉發出了無法想像是人類發得出來的尖叫聲，眼睛瞪大到眼角幾乎就要裂開，超乎尋常的劇痛讓她醒了過來。

「喂，好好用力壓住她！」

在此同時，少年插入傷口當中的手指仍在四處攪動著肌肉，完全看不出他對莉娜莉的慘叫有任何在意的神色。

「這、這太瘋狂了……！」

面對眼前慘絕人寰的光景，漢斯臉色蒼白地搖頭。

「咬傷的處理早就結束了！你這樣做到底有什麼意義……!?」

是的，手臂的治療早已就已經結束。沒有發現化膿或感染症的跡象。為什麼要刻意選在這種險境劃開舊傷呢——？

「——你說處理結束了？不對，還沒有喔。這個是『澤爾特羅史絲雀』的齒痕吧？」

「……！你該不會……是擔心潛楔蟲嗎……？」

察覺到少年言下之意的漢斯這麼問道。

潛楔蟲——是一種以大型鳥類為宿主的寄生蟲。這種蟲的體長為0.5〜1.0公厘，對宿主沒有直接危害。然而，牠一旦侵入人體，情況就大不相同。牠蛻皮時分泌的酵素之一，會對人類的免疫系統造成極大的損害。

因此，如果真的像少年所說的那樣被潛楔蟲寄生的話，就有必要迅速處理。可在這之前，漢斯是明白一件重大事實的。

「莉娜莉被咬的界相是克雷邦斯！梅塔斯索的澤爾特羅史絲雀不是宿主吧！」

「潛楔蟲的棲息領域極為有限」——這在具有某種程度的老手冒險者之間是一項常識。要在迷界生存下來，「情報」可以稱得上是最強力的武器。不過，錯誤的情報有時候會比無知更讓現場陷入混亂。

然而，少年對漢斯的斷言只是漫不經心地回應了一句：「啊，是喔？」，接下來則以諷刺的口吻這麼問道：

「那請告訴我……這玩意到底是什麼呢？」

少年說完這句話，就從切開的部位把手指抽出來，並做出了隨手把捏在指尖上的某個東西扔過來的動作。漢斯反射性接住的那個東西，是一個米粒大小的白色絲狀物體，上面沾滿紅色血液，還帶著絲狀粘液不停的扭動。

——這個乍看之下酷似蛆的蟲子就是潛楔蟲，不會有錯。從牠蛻到一半的皮可以看出來，只要再過幾分鐘就會釋放出有害的酵素了。

「唔……!?為、為什麼……？」

「我說，你的情報過時了。你沒讀過亞隆隊的報告書吧？最近，不知道是哪裡的白癡把潛楔蟲帶進了阿爾米亞。也就是說牠們會傳到克雷邦斯來也不奇怪。」

少年又補充了一句：「啊，剛才的情報費要另外算」，便不再理會目瞪口呆的漢斯，開始進行術後處理作業，從消毒、止血、縫合、塗抹麻醉粉末到更換繃帶，所有作業完成只用了不到一分鐘的時間，手法令人驚嘆。

「這是奇利克草的粉末。可以加速傷口癒合，緩解疼痛。不過要三十分鐘才會生效就是了……你們很努力，治療結束了。」

就這樣，少年「呼～」地一聲大大吐了口氣，臉上露出一副如釋重負的爽朗表情，彷彿所有的問題都已經收拾完畢……可是，除了他之外的所有人都很清楚，即使是現在這個瞬間，更大的危機依然在持續逼近當中。

「等、等一下！惡疾群狼要怎麼處理？我們還在被包圍啊！」

包圍周邊一帶的是一群渴望血液的魔獸，要走到門還遠得很，而且我方有多人負傷，絕境危機的狀況依舊沒變。

不過，少年只是輕輕地聳了聳肩。

「我說你啊，在大吼大叫以前先試著靜下心來聽聽看吧。」

眾人被告知要靜下心來聽聽看，結果聽到的一直都是野獸遠遠的嚎叫聲。從那裡到這邊，都不斷傳來令人恐懼的低吼聲。而且，在凝神細聽之下，他們察覺到更加麻煩的事情。

「該不會……牠們變多了吧？」

正如漢斯所說，惡疾群狼的嚎叫聲數量很明顯增多了。不管怎麼研判，似乎已經到了一開始被追趕時的兩倍以上。原本以為情況已經沒辦法再差了，想不到還可以更加惡化。三人不禁全身打顫，不過他們當中只有比爾注意到某件事。

在冷靜下來思考之後，他發現這個狀況很不自然。說到底，惡疾群狼正處在撲來襲擊的臨界點。即使是因為對我方人數增加而保持警戒，到了現在這當下牠們還在等待本身就很奇怪。再說，惡疾群狼是以單一族群整體狩獵的動物，沒聽過牠們在狩獵途中會有讓這麼多數量的同類加入的習性。而且最重要的是，「少年在這裡」的這個事實。沒錯，一開始就應該對這件事產生疑問才對。因為我們已經完全被包圍了，他會在這裡，只能代表這個人是橫越了魔獸的包圍圈過來的——

在綜合這些情況並進行思考後，比爾得到了某個結論。但這是個遠遠超過常識範圍的荒誕無稽答案。比爾半信半疑地把這個結論說了出來。

「你、你該不會……帶了另一群過來吧？」

「呵呵呵……第一狼群和第三狼群關係不好的情報，真的是太有用了。」

惡疾群狼是一種既凶猛又狡猾的獵獸，如今遇到了具有競爭關係的其他族群，牠們很清楚先與獵物交戰者，就會在稍後二族群的爭鬥中落入不利地位。這兩團惡疾群狼都想要坐收漁翁之利，但也因為這份小聰明讓牠們雙方都無法動彈。

換句話說，這個少年是故意成為魔獸的目標，讓牠們追到這個場所來的。

「怎麼可能，實在難以置信……！」

少年的行動在理論上是可以理解的。可是考慮到風險的話，這實在很難說是一個正常的決定。如果他在途中就被追上怎麼辦？如果我們沒有在這裡怎麼辦？如果這兩團狼群沒有敵對怎麼辦？

為了從素昧平生的他人身上敲詐救助費用而賭上生命，簡直是本末倒置。坦白說，除了「異常」還真沒有別的話可以形容了——

「——慢、慢著，我曾經聽說過，第七門之城裡頭有一個救援者是迷界狂人，是個為了金錢哪邊都能鑽，從中大敲竹槓的惡魔……我記得那個惡名是叫，『棺材推銷員』——你就是那條鬣狗，『棺材推銷員』尤里．萊因霍爾特嗎……!?」

貪圖死屍腐肉的卑鄙野獸……在聽到這個別名的時候，少年不懷好意的微笑起來。

「哈哈！說我是鬣狗？你在說什麼啦。如果我真是鬣狗的話，你們現在早就在我的肚子裡繼續當好朋友嘍。」

少年就這樣邁步走到了互相瞪視的獸群正中央，那輕鬆的步伐簡直就像是在散步一樣。看來他根本就把迴盪在四周的野獸低吼聲當成是耳邊的微風了。

而當眾人脫身走到了安全區之後，少年像是突然想到某件事，站住不動。

「哎呀，這麼說來差點忘記了，我得把這東西還給你們。」

少年遞給他們的是漢斯一直帶著的冒險日誌。它在他們被惡疾群狼襲擊的時候掉在了路上。

「在迷界裡，情報就是生命，冒險日誌就是冒險者的一切。多虧有你留下來的情報，大家才都能得救。救了你們，也救了……做到一筆好生意的我啊。」

在少年心滿意足的笑臉上，浮現出與他的年紀不相稱的精明表情。

「就這樣，報酬，你們可別忘嘍？」

——……

——……

「那個地方」被發現時，已經是遠在距今五千年前的事了。

搖曳的異界之門，以威嚴的姿態迎接時代的冒險者們。

有的界相是熊熊燃燒的火山，有的界相是浩瀚無邊的海洋，有的界相是生機勃勃的密林——在門的深處擴展開來的，是連綿不絕、為數眾多的異世界。這當中甚至連物理法則都不盡相同的異界集合體蘊藏了各種謎團，等候冒險者的到來。

對於這個無從判斷是神的恩賜、或是惡魔陷阱的神祕集合體，人們是這麼稱呼的。

——「迷界」——

第一章 ——「迷界」——

KISEKAI TRAVERSE

在「第七門之城『利伯塔斯』」北部，被稱為「廢鐵街」的貧民窟中，矗立著一間簡陋的小屋。一位少年的身影，就待在屋內那狹小的客廳中。

他眼前的桌子上擺了一座令人眼花的金幣山。少年看著眼前那片黃金的光輝……露出了一副極為沒品的笑容，嘿嘿笑出聲來：

「一、二、三……呵呵呵，有了這麼多錢，連最新款的裝備都可以要買多少就買多少……呵呵呵，呵呵呵呵……」

少年一枚一枚的數著金幣並露出俗氣的笑容。一心一意的數著自己的儲蓄……對這名少年——尤里·萊因霍爾特來說，這種看起來似乎有些笨笨的嗜好，正是他唯一的樂趣。

就在此時，一陣敲門聲「咚咚」響起，尤里聞聲迅速將金幣收好。那速度幾乎跟倉鼠在零食快要被搶走時差不多。

當然，保持警戒也是無可厚非。畢竟這裡可是利伯塔斯，是世界僅有的七個迷界入口之一，也是由冒險者自然群集而成的城市。

「自由之城」……這個名號聽起來儘管響亮，不過簡單來說，這裡就是不屬於任何國家的無法治地區。當然，這些群集的居民也不乏不知道是冒險者還是罪犯的妄為之輩。大門一開就跟凶惡的強盜集團打照面，這種事情在這裡可說是家常便飯。

……不過，看來今天的運氣似乎不錯。門一打開，站在前方的是一名與大鬍子殺人魔完全相反的可愛少女。

精緻的五官、閃耀光澤的銀紗秀髮、未曾經歷勞苦的雪白肌膚宛如薄絹一般通透，天藍色的眼瞳看起來簡直像是玻璃珠。那無懈可擊的美貌，讓她看上去幾乎就像個精巧的洋娃娃，正是一位絕世的美少女。

年紀應該是在十六、七歲左右——這位感覺像是人造人的少女，靜靜地開啟了她那可愛的嘴唇。

「聽說這裡有一位不管任何委託都願意接的救援者……我來對地方了嗎？」

少女以跟她的容貌一樣飄渺的聲調如此詢問。雖然她的表情和聲音所展現的情緒異樣平淡，不過這反倒讓她那宛如雕刻藝品般的秀麗形象更加突出。只要是男性，不管是誰都想必會神魂顛倒吧？

……然而，尤里的回答卻異常冷漠。

「喂喂，小姐，妳是沒看到招牌嗎？」

她的美貌並沒有入他的法眼……倒也不是這樣。正好相反，他的內心甚至相當悸動。不過，這裡是不講規矩的利伯塔斯。如果每次應對都要用真心誠意的話可是會被小看的。這種瀟灑（本人自認）的回答，正是讓自己看起來像個大人物的祕訣……呃，應該要這樣才對……。

「……您是說，招牌嗎……？」

「……咦?有、有吧,妳看、外面!」

遭到反問的尤里正在緊張的時候,想到了某種可能性。

「……啊,不會吧……!」

他連忙跑到外面,發現原本應該寫著『救援者萊因霍爾特』的招牌已然整個消失不見。

「啊~!可惡!又被偷了~!!」

「所謂招牌即為店鋪的面子」——這句話是尤里的主張。正因如此,他總是用上好的木材製作招牌……但也因為這樣經常一不注意就會被偷走。順帶一提,這回剛好是失竊第一百次了。

「可惡,八成又是那些小鬼……!」

尤里邊說邊目中含淚拚命跺腳。少女則依然面無表情,持續注視著他那已經完全沒有大人物模樣的醜態。尤里感受到她的視線,紅著臉刻意咳了一聲。

「算、算了沒差,快進來吧,小姐。」

——……

——……

於是兩人在狹小的客廳中面對面坐下。尤里端出了讓小氣個性一覽無遺的超級清淡紅茶,

© MAI OKUMA

以傲慢的態度如此問道：

「那麼，妳叫……呃～是叫奧拉對不對？我就聽聽吧。有什麼事？」

他一說完，坐在眼前的少女——奧拉就開口了。

「奈莉亞……我想請您救救我的這位朋友。她五天前離家出走，就這麼進了迷界……可是，接下來就掌握不到她的下落了……」

少女淡淡的開始講述。雖然以委託的角度而言這樣的內容多少是過於平常，不過這件事對她來說應該還是很迫切吧……然而，尤里毫不留情地打斷了她的話。

「啊～暫停暫停，我想聽的不是這種故事。」

「咦……？」

「妳應該明白吧？冒險的第一要件。」

「第一要件，嗎……？」

奧拉顯然不太明白的樣子。尤里一臉厭倦的嘆了口氣，說：

「所～以～說～是錢啊，錢。我在問妳有沒有錢。救援可是要賭命的，收取相應的報酬也是理所當然的喔？」

他一說完，奧拉就微微低頭。

「呃，怎麼說，我們家只是普通的花店，沒什麼、存款……」

「啊是喔，那麼我們的討論就到這邊結束。請妳快點回去。出口在那邊～」

尤里沒好氣地下逐客令。窮鬼不能當人看，這是他的信條。

「說穿了，離家出走去了迷界，那可就跟自殺沒兩樣了啊。雖然我不知道她叫娜莉亞還是妮莉亞，不過妳朋友也真是傻的可以。」

尤里嘻嘻哈哈地笑著說這些話。儘管無禮也要有個限度，不過對方已經不再是客人，也沒必要再去關照她的心情。

……然而，她對如此隨興的話語，卻回了一句意想不到的答案：

「不是娜莉亞也不是妮莉亞。是奈莉亞……奈莉亞．斯坦普魯格。」

奧拉只是規規矩矩的訂正了他的隨興話語。當然，本來名字叫什麼其實都無所謂……可是在這句話當中卻包含一個無法忽視的詞彙。

「……嗯？等，等一下！妳說『斯坦普魯格』……是那個『斯坦普魯格商會』嗎!?」

「斯坦普魯格商會」，可說是這座城市中無人不知無人不曉的大富商，這個商會專門經營來自迷界的商品，雇用的冒險者超過百人，據說其總資產說不定可以把市區整個買下來。如果那位名叫奈莉亞的小女孩是那個商會的千金小姐……這可是一個向大富商討恩情的難得好機會。

尤里迅速轉過身來，說：

「嘿嘿嘿，小姐您也真是的，這～種～事情應該要先跟我說嘛！」

尤里露出了跟幾秒前的態度完全不一樣的討好笑臉，同時硬拉著一臉驚愕的奧拉重新坐好。如此絕佳機會，怎麼可以輕易放過。

「嘿嘿，剛才那些話就是一點小玩笑，不好意思。我當然願意執行這項任務，不用客氣。不才在下我，小弟尤里．萊因霍爾特很樂意接受您的委託！……那就事不宜遲……您朋友的目的地是哪裡呢?當然無論她到哪裡我都願意去，不過畢竟情報這種東西總是不嫌多，嘿嘿嘿……」

尤里一面搓著手一面阿諛奉承。奧拉對他那明顯的小人模樣略感困惑，但還是回答了：

「她……留下了一句話，說要去『羅格斯尼亞』……」

「什麼……!?」

在聽到這個界相名稱的瞬間，尤里討好的笑臉僵住了。

「不行、嗎？」

「呃，倒也不是不行……只是，難度有點……」

尤里欲言又止，不過在想起某件事情後又回心轉意了。

「……不對，等一下喔……這個時期應該可以用阿爾巴斯隊路線……」

尤里獨自碎碎念了幾句之後，再度露出不合時宜的笑容：

「……不會不會，萬事ＯＫ！請儘管放心將一切交給小弟我吧！」

「這樣呀，真是謝謝您，萊因霍爾特先生。」

奧拉一如既往的面無表情點了點頭。不過接下來，一件出乎意料的要求從她的口中說了出來。

「另外我還有一件事情要拜託您……」

「好的好的，不管任何事都請隨意吩咐！要帶伴手禮嗎？要拍照留念？還是要按摩之類的?什麼事情我都可以做喔～！」

為了不讓大客戶跑掉，自尊心什麼的都不重要。尤里繼續嘻嘻笑著阿諛奉承……不過他的笑臉卻迅速凍結了。

「請帶我一起去。」

「好的好的這點小事當然……啥？」

這是他今天第二次僵住。過了幾秒鐘以後，尤里猛力搖著頭，說：

「不行不行不行，妳在說什麼啊，當然不可以！」

「為什麼不可以？」

「因為太危險了！」

尤里完全忘了直到剛才為止的接待模式，大聲吼叫著。

「可是，剛才，您不是說ＯＫ……」

「帶著外行人走是另一回事！妳聽好，人類這種東西可是比任何行李都還要麻煩的大型負擔！肚子會餓又很容易嚇到還不能扔在一旁走自己的，特別是像妳這樣的外行人！」

如果她本人也是冒險者的話倒也還好，但要帶外行人同行根本是不可能的選項。尤里變了臉色劈里啪啦的說了一大串，但是……。

「……真的、不可以嗎？」

「妳，有在聽我說話嗎？不・可・以！」

「……無論如何都不可以？」

「無論如何都不可以！」

「……絕對不可以？」

「絕對不可以!!」

「…………」

「就算妳用那種眼神看我，不行就是不行啦！」

不管拒絕了多少次，奧拉依舊不放棄爭取。

實際上，想要去迷界的一般人並不少，不屬於這個人世的異界風光確實吸引了許多人。只不過，很難想像她會是那種「救友人順便也在迷界觀光好了☆」的類型……。

「說到底，為什麼妳會想要去迷界？我可不是去玩的啊。」

「那個……我想要親眼見證萊因霍爾特先生的工作狀況……」

「唔！這話可不能聽過就算了！妳該不會是在懷疑我的能力吧？不管從哪個方面看，我都是個值得信賴的救援者……」

尤里激動的怒聲說道。沒多久卻忽然驚覺自己如今家徒四壁，招牌也不見了、連小隊成員都沒有、就是孤獨一人。從客觀的角度看，可能也沒辦法說自己「值得信賴」吧？

「……唔唔唔。」

尤里臉上露出了苦澀的表情。不過，他當然不可能就此讓步。

「咳咳……我、我的事情就先擱在一邊，妳知道嗎？這也是為了妳好喔？」

「咦……？」

「所謂的迷界，是一個凶暴的原生生物跟未知病原菌四處蠢動的糟糕地方。不過呢，那裡的危險程度並不只有那樣而已。一旦踏入迷界，可就沒有法律也沒有憲兵了。不管出了什麼事，誰都不會知道。妳明白一個女孩子悠哉悠哉的跟著去那種地方，代表什麼意思嗎？」

在力量即是一切的世界中，所有的犯罪都是被容許的——這是任何一位冒險者都知道的「常識」。

「當然，如果妳特別好色，想要我對妳做那檔事的話，就另當別論了喔？嘿！嘿！嘿！……」

尤里刻意露出猥瑣的笑容。這麼做或許有些過分，不過對於妙齡少女來說應該是最有效的恐嚇方式。

這個做法應該是奏效了，奧拉靜靜地點點頭，說：

「……這樣嗎……我明白了。」

尤里鬆了口氣，心想她終於肯放棄……只不過，他放心得太早了。

「沒什麼，不用擔心，我會好好把妳朋友救出來的。好啦，重要的是有關契約的事情。總之請在這份文件上簽名……呃，奇怪？我收到哪裡去了……？」

尤里一面如此碎碎念著，一面在牆邊的書架上四處翻找，而在轉身回望的那個瞬間，他僵住了……總之，眼前的少女忽然伸手探向自己身上穿的衣服，很快便毫無一絲猶豫的開始脫衣。

靈巧的指尖解開了輕薄襯衫的一顆又一顆扣子，少女嬌豔柔嫩的肌膚逐漸裸露出來。面對她這極度煽情的模樣，少年的眼睛不由自主的盯著看下去……。

「喂，喂!?」

差點把持不住的尤里回過神來，慌忙抓住少女的手。結果，奧拉反而一臉不可思議的歪頭這麼說：

「……您現在不是有這個意思嗎？」

「當、當然不是啊！話又說回來了，叫妳這個人做什麼，妳就什麼都會做喔!?」

「是的。如果那是您准許同行的條件，我就會做。」

第一時間做出回答的奧拉，臉上依然沒有任何表情。人們常用「像洋娃娃一樣」來形容美麗的女性，不過她這個樣子已經不是比喻，根本就是一尊真的洋娃娃。

「如果沒辦法同行的話，我會去找其他人。謝謝您了。」

「啊、喂……！」

奧拉說完這句話便轉身離去。儘管不知道為什麼，不過對她來說，同行救援似乎是絕對的條件。

是要背上一個負擔呢，還是眼睜睜放過一個絕佳機會呢……尤里使勁搔抓著頭髮。

「啊～算啦，我知道了，就隨妳高興吧！不過我有一個條件——別再做出像剛才那樣的舉動了。好好珍惜自己的身體，這就是帶妳去的條件！」

「好的，我明白了。」

回答的語氣依舊毫無感情。

（哼！少胡扯了。）

尤里在內心嘀咕著。

「算了沒差。那麼，總之我們從準備工作開始吧。首先是裝備和訓練……」

「……我們不是立刻出發嗎？」

「啥？當然不是？妳是不是誤以為這是健行活動還是什麼啊？」

他聳了聳肩，而奧拉則在此時第一次面露明確的不滿神色。

「可以的話，我想要快點行動。因為……我很擔心我的朋友。」

某種意義上來說，這是一種理所當然的感情。正因如此，尤里才搖了搖頭，對她說：

「妳講反了啊、講反了。就算我們真的不管一切馬上出發，現在要追到她也不容易。」

奧拉的朋友離家出走是五天前的事，那表示商會應該早就雇用某個地方的冒險隊進入迷界。在準備不足的狀況下要追過那支隊伍是非常困難的。

「所以，我們會用另一條路線。要去羅格斯尼亞有幾個方法，其中最短的路線在一個禮拜以後就可以通行了。比起現在緊張兮兮的去追趕，等到那條路線開通後再先一步到達會更安全、更可靠。俗話說得好，欲速則不達。」

「這樣嗎……我明白了。」

她在這種時候如此聽話，令人感到欣慰。

尤里迅速轉身向後，說：

「那麼，我們快點走吧。」

「咦……？可是，你不是說還不能出發……」

「啊啊，我們不是要去迷界啦……不過算了，在亂七八糟的程度上跟迷界是很像。總之跟我來吧，我們的目的地是──『穴倉』。」

————……

——……

謎樣生物漂浮在瓶中，牆邊整齊排列著乾掉的昆蟲。在從天花板上垂下來的帶鉤繩索旁邊，不知為何陳列著乾癟的蔬菜。

——被稱為「穴倉」的這裡，是一間塞滿了各種異物的小商店。

「妳聽好，什麼都不要碰。要是得了奇怪的病我可不管。」

尤里在走進混沌的店內時如此低聲警告。話是這麼講，不過其實也沒有那個必要。店內陳列的不是奇怪的頭蓋骨就是會發出異味的果實，每樣東西都是令人感到噁心的珍品。就算不特別提醒，也不會有人想去碰它們。

只是，在那些玩意當中，有樣東西吸引了奧拉的目光。

那是兩張刻在大塊鞣革上的地圖。其中一張是由三片海洋與六塊大陸所組成的一般世界地圖。在大航海時代之後的現代，國家之間的貿易已成常態，這張圖並不是什麼稀奇的東西……不過，展示在旁邊的另外一張地圖就不一樣了。奧拉甚至不知道可不可以將它稱為地圖。畢竟，那張圖中既沒有大陸也沒有海洋，有的只是無數的圓圈和連接它們的網狀線條。那複雜到有些可怕的樹狀圖，看起來簡直就像人類的神經突觸。如此令人毛骨悚然的地方，究竟存在於世界的何處呢——？

「——哎呀，客人您的眼光真不錯。那一張是《魏斯曼式迷界全覽圖 大衛曆紀元前三百年版》——是那位地圖大師阿瓦迪．魏斯曼的遺作，當然是原版真品。本來這東西是不賣的……不過為了向客人您的慧眼表示敬意，特別優惠算您一千萬盧克斯就好。怎樣，很划算吧～？」

當奧拉看著地圖看到入神的時候，一名少女從她的背後緩緩冒出來。到底那名少女是什麼時候來到那裡的呢？雖然少女的面容本身相當精緻，但在那張像是要把人吃定的邪惡笑容影響下，還是散發著非常可疑的氣息。

面對突如其來的闖入者，尤里用鼻子哼了一聲，說：

「嘿！這種不能拿來用的古董，連一盧克斯都不值。妳敲竹槓也要適可而止啊——涅茲米。」

「哎呀哎呀，尤里還是老樣子，完全不懂文化價值是什麼呢。這個世界可不是只有實用性而已哦～」

被稱為「涅茲米」的少女刻意的聳了聳肩膀，然後又將她的視線轉向奧拉。

「話又說回來，還真是稀奇啊。你居然會帶人過來，而且還是這種美人……啊，該不會，你是因為太不受歡迎，所以終於跑去買個女孩子了……」

「喂別鬧了，不要把話講得那麼難聽。這傢伙叫奧拉，是客人啦，客人。」

「哦～～這樣啊。」

涅茲米不知道有沒有在聽，她將尤里撇在一邊，目不轉睛地打量著奧拉。接著她評估了幾秒鐘，然後露出不懷好意的笑容並將手伸出來。

「妳好，請多指教。我是這家店的店長『涅茲米』。如果妳有想要的東西請儘管說。無論是食物、裝備、情報……如果妳需要的話，甚至連夜晚的床伴，本店都可以提供。還請多多光顧。」

「啊，好的……」

「別理她，這傢伙講的話都別聽就是了。重要的是……喂，涅茲米。我要拜託妳工作。」

尤里打斷兩人的握手，迅速陳述自己的需求：

「我要一套基本裝備，加上背包跟雨衣，還有鞋子和手套，一個禮拜以內幫我搞定。再來就是……兩捆繩子和半塊隔熱布，這些跟這邊的驅蟲藥……奇怪？恩基草在哪裡？」

「什麼～不就在那一邊嗎？請你找找看嘍～」

「真是的，哪有讓客人自己找東西的店？所以我才會一直跟妳說要整理啊……」

尤里在低聲抱怨的同時，還是認命的開始尋找商品。

涅茲米則趁這個機會，不知何時已經湊到了奧拉的身旁。

「來來，妳就往這邊走哦～」

「咦，啊，好的……」

奧拉拋下尤里並被涅茲米拖著走到店內深處，沒多久便發現這裡是一處用窗簾隔成的簡易更衣室。

「那麼，就請妳脫一下衣服吧～～本店的服裝是訂製的。」

原來是這麼一回事呀。奧拉照著對方的話脫下衣服。在這段期間，涅茲米不懷好意的笑著說：

「話又說回來，妳也真是個奇特的人呢。什麼人不好找竟然會去委託那個人。妳不會不知道，大家是怎麼叫他的吧？」

「這個……嘛……」

聽到奧拉的回答，涅茲米用開玩笑的語氣如此述說：

「在快死掉的冒險者面前現身，抓住對方弱點敲詐超額的救援費用……人們給他取的綽號是『棺材推銷員』呢。嘻嘻，怎麼說～就是一個典型的沒品救援者。不管是冒險者還是同行都很討厭他，是個大家都嫌棄的傢伙，而妳居然還特別跑去找他。啊，不然我介紹妳去找個更正經一點的專家吧？仲介費也可以打個折扣哦？」

「這、這個……呃……」

雖然這應該是個不壞的提議，不過奧拉不知為何欲言又止。

「開～玩笑的，唬妳的啦。反正一定有一些不足為外人道的內情吧？不然的話妳也不會去委託那傢伙，對吧～？」

奧拉聽了這句話，默默的將目光從對方身上移開。涅茲米也沒有進一步追問。

「不過，真的是太好了。妳選對人了。」

「咦……？」

「那個人，雖然表面上是個不講規矩的守財奴，可實際上卻是個濫好人……不對，是個超級大傻瓜。也好，妳就盡量利用他吧。」

涅茲米一臉壞笑，嘻嘻笑出聲。看樣子他們似乎還滿熟的。只是，她沒辦法進一步詢問兩人的關係……畢竟，涅茲米在毫無預警的情況下用指尖輕輕觸摸了奧拉的背後。

「呀……!?」

被突然搔到癢處的奧拉，不禁發出了聲音。就在那個瞬間，涅茲米露出了今天最開心的笑容。

「哎呀哎呀，妳不是可以叫得很好聽嘛～？平常就用這種聲音的話會比較受歡迎哦～？」

「呃、那個……？」

「嘿嘿嘿，不要用那種眼神看我啦～剛才那個是意外哦，意外。妳看，我在量尺寸呀，對不對？所以要請妳再稍微安靜一點唷～」

涅茲米嘴上不停說著，指尖也同時於少女的軀體上緩慢移動。她從大腿內側的隱密部位移到毫無防備的腰身，進一步輕輕撫按著肚臍四周，甚至往上面的胸部摸了過去。她以黏膩的手技嘗遍了無邪少女的柔嫩肌膚，這樣的動作很明顯不像是在「量尺寸」。

「嘻嘻，哎呀～真的是無法抵擋啊～這肌膚的觸感。所謂皓膚如玉就是像妳這樣了。妳果然每天都有在保養對吧？……哦！而且胸部還意外的有料……！嘻嘻嘻，不錯哦，真的不錯哦～」

「呃、那個……嗯！……」

「話說回來，妳真的是超～香的，散發這麼甜蜜的香氣～是在誘惑我嗎～？」

「等、等一下……」

「嘿嘿嘿，沒問題沒問題，我只是在量尺寸而已唷～」

她在用溫柔聲調安撫少女的同時，指尖卻不斷產生熱度，最後甚至打算把對方的內衣褪下——

「——喂，妳在幹什麼！」

就在千鈞一髮之際，尤里闖進了更衣室。看來他聽到了奧拉不安的聲音……不過，儘管已經成了現行犯，涅茲米還是一派輕鬆。

「哇啊，你是來偷看的嗎～？我知道奧拉小姐是美人所以你會忍不住啦～但這是犯罪哦～？」

「啊，呃，我沒有那個意思……！抱、抱歉……」

尤里連忙將目光從半裸的奧拉身上移開，這時他才回想起真正的元凶是誰。

「呃，不是那個問題，是妳在幹什麼啊！」

「幹什麼？我在量尺寸呀？」

「哼，少騙人了！我早就跟妳說過，不要對妳碰過的每一個女人出手了！」

「真是的～沒什麼不好啦，我的身心就是不夠滋潤嘛……還是說～尤里你願意來陪我呢？這樣的話我也沒問題哦？」

「少、少說蠢話了！好啦，快點去整理數據！」

「好啦好啦，我知道了～」

涅茲米說完這句話便退向後場。看樣子她早就已經量完尺寸了。

「真是的……喂，奧拉，妳也真是的，不要隨便就乖乖聽話啦。」

「好的，我明白了。」

儘管在奧拉爽快點頭的同時大概就代表她完全不明白，不過尤里也放棄進一步嘮叨了。對他人盲從……這應該就是她的生存戰略吧？

「算了沒差，總而言之，這邊的事情已經辦完了。妳先到外面等我。」

尤里說完這句話就讓她先走出去，自己則從走回來的涅茲米手上收下了尺寸的量測結果以及有現貨的物品。然而，這並不代表事情已經結束了……沒錯，他之所以會來到「穴倉」，可是為了另外一樣重要的商品。

「好了，來談正事……斯坦普魯格商會的情報，有多少都給我。」

「這個嘛，要怎麼說呢，可能已經賣光嘍。」

雖然涅茲米顧左右而言他，不過尤里當然明白對方要什麼。尤里從懷中取出一個裝滿金幣的小布袋，把整袋都扔了過去。

「嘻嘻嘻，你一點就通真是幫了我大忙。尤里的這一點，我最愛了。」

「吵死了，快點繼續說。」

尤里打斷了對方的隨口奉承，涅茲米這才說了一句「這個嘛」，並繼續開口：

「斯坦普魯格商會、斯坦普魯格商會……以從事迷界商品貿易致富的新貴富商，到這裡應該沒有疑問才對？目前業績非常好，在各種領域的多角化經營都有大躍進的氣勢，算是個生意蒸蒸日上的大商會啊，令人羨慕……不過，這只是『業績上』令人羨慕而已。」

「妳的意思是？」

「第二代社長夏洛克・斯坦普魯格……看來這個人，在私生活方面好像問題頗大……畢竟他就是個空有歲數的有錢少爺，簡直就像個把傲慢穿在身上大步走路的典型廢物。當然，不管是部下還是家人，都沒人敢反抗他。他除了正妻以外還納了十四個小妾，雇了超過一百人，全都當成奴隸一樣對待，真的就像個國王陛下呢。」

一個從底層奮發向上的優秀創辦人，培養了一個一無是處的二世祖接班……類似的事情在這個圈子裡也不算新鮮。

「那麼，接下來才是重點……有傳言說，最近那個夏洛克的子女當中，有一個人離家出走了。因為這會傷害到家族的名譽，所以當然不會公開發出尋人啟事……不過他們正在派遣手下追蹤，無論如何也要把人帶回家。」

在涅茲米低聲這麼說的瞬間，尤里暗自在內心得意起來。沒錯，這正是他一直尋求的情報。這樣一來就可以證實奧拉的話了。

「原來如此，已經足夠了，謝啦。」

「如果能幫到你的話就再好不過了……話說回來，這回是有什麼好康的嗎～？」

儘管對方順其自然的問了出來，不過自己當然不會輕易上當。

「嘿，想知道就出錢吧。」

「唔~你還是老樣子，很小氣呢~」

「我才不想被妳這種人這麼說。」

尤里就這麼走出「穴倉」，看到奧拉在外面站著發呆的身影。她似乎什麼事情都沒做，就只是按照吩咐等待尤里。坦白說她是很聽話，但這簡直就跟奴隸一樣啊。

（該怎麼說呢……）

正當尤里搔頭的時候，突然想到某件事。

「很好……喂，奧拉，讓妳久等啦。接下來我們去下一個地方。」

「好的。」

接下來，為了調度跟篩選物資，尤里帶著這個過於順從的少女走訪了幾家商店。雖然對於剛到街上的少女來說，這應該算是重勞動，但奧拉還是一如既往的沒有一句抱怨，一路緊跟著過來。

就這樣，在太陽已經下山的時候，尤里帶她來到最後一個地方，也就是一家簡陋的旅館。

「好了，今天就到此告一段落吧。建議妳最近就在這間旅館住宿。雖然乍看之下有點醜……不過至少不會讓妳『醒來的時候發現自己躺在路上』。」

「好的，真是謝謝你。」

奧拉毫不懷疑地表達感謝。

看到她如此禮貌的態度，尤里下定了決心。

「哎呀，差點忘了。來，這點心給妳當宵夜。」

他說完就遞給奧拉一個小紙袋，那是麵包店用來包裝的普通紙袋，裡面隱約流出一絲甜甜的點心香氣。奧拉又說了一聲「真是謝謝你」並順手接下……不過，她也在同時發現到——紙袋裡面有沙沙的響聲。而且，可以感覺到裡頭有複數的不明物體在蠕動。

奧拉終於忍不住好奇地探頭往袋中看去，瞬間大聲慘叫。

「呀!?」

袋子裡有許多類似蜈蚣的蟲子在來回爬行。

「那是『球蟲』……來自迷界的特產品。妳可以把頭扭下來吸裡面的東西，味道就跟濃酪乳一樣好喝～這是我要跟妳打好關係的證明，不用客氣，請儘量享用。」

尤里隨口說明著，不過理所當然地迎來了抗議的視線。於是，尤里刻意露出驚訝的表情，說：

「嗯?喂喂，妳那眼神是什麼意思啦?雖然我想應該不至於……不過妳不喜歡嗎？」

「……當然了。」

奧拉面露不悅把紙袋推了過來。這種東西不管怎麼看都是幼稚的惡作劇，為什麼非得要讓一個還不太熟的人對自己這麼惡作劇不可呢。

然而，尤里對這樣的反應反而開心的笑了。

「這樣啊，妳這樣就好。看樣子妳還是有像人類的地方。」

「……什麼意思？」

「哎呀，因為妳只會說『好的我明白了』，我不禁開始擔心妳其實是具製作精良的洋娃娃呢……不過嘛，妳都可以發出那麼好聽的慘叫了，代表妳應該是有血有淚的，我就放心了。」

「……！那、那個、只是、我只是嚇了一跳……！」

奧拉想到剛才不由自主發出的慘叫聲，臉頰微微泛起紅暈。

不過尤里微笑著打斷了她的辯解。

「啊啊，我明白。對妳做了一個無聊的惡作劇，不好意思。對不起，我道歉。」

少年說完，意外坦率的低下頭去，並繼續說：

「不過，這並沒有什麼好害羞的。如果妳連一點反應都沒有就沒什麼趣味了。再說啊，妳知道嗎？這座城市混合了迷界的空氣。所以傳說在這座城市妳會成為跟平常稍微不一樣的自己。簡單說，在這裡就把羞恥心拋開吧。」

「不過嘛，我也不知道是真還是假就是了。」尤里說到這裡，一臉無所謂的聳了聳肩。

「不說那些事了，給妳，這個才是真正的宵夜。」

尤里說完這句話就遞給奧拉另一個紙袋，這回真的裝滿了看起來很好吃的烘焙點心。

「我話講在前頭，裡面沒有放奇怪的東西，所以妳要好好吃完喔？畢竟妳不多長點肉是不行的。妳聽好，脂肪可是最好的緊急食糧。說到底，光是吃飯本身就是一項相當重的勞動。從胃開始到小腸、大腸、腎臟、肝臟……消化或分解之類的過程是相當複雜的，把吃下去的東西轉化成能量可是個大工程。從這個角度來說，脂肪原本就是以最容易轉化成能量的形態儲藏在體內，而且不會被搶也不會被偷。要在迷界生存下去，沒有比脂肪更可靠的東西了……」

就在尤里講述著前所未聞的深奧知識時，發覺到一件事。眼前的少女正用難以言喻的鄙視眼神一直看著他。

「奧、奧拉……？妳怎麼了……？」

「……果然，你看到了對吧。」

「咦……？」

尤里不停眨眼，很快就想到她這句話指的是在「穴倉」量尺寸的事。

「不、不是的，妳誤會了！『要多長點肉』不是在說妳的外觀，我要說的是按照妳的身高跟體重，再加個五公斤左右會比較好，絕對不是因為偷看……」

「……哦~原來你連體重都檢視過了呀。」

「這、這個，事先知道同行者的身體情報是理所當然的……」

「是哦，原來是這樣…………變態。」

「咦!?變……」

尤里越是解釋，奧拉的眼神就越冷淡。尤里完全慌了手腳。就在他繼續拚命思考辯解方法的時候，奧拉突然笑出聲來。

「嘻嘻，嘻嘻嘻嘻……」

女孩對出醜的少年嘻嘻笑著，她的臉上露出了調皮的笑容。看到她這副模樣，尤里總算明白了。

「這、這傢伙，是在報復我啊……！」

尤里不甘心的咬牙切齒，不過話說回來，這是先鬧人家的他自作自受，如今只好乾脆認輸。

「哎……我知道啦，是妳贏了。那麼，妳就把這個當戰利品好好吃完吧。吃完以後就馬上睡，明天開始還有訓練喔。拜啦。」

尤里說完這句話就立刻轉身離去……不過，這回是奧拉從背後拉住了他。

「請、請稍等一下……」

「嗯？還有什麼事嗎？」

「請問……為什麼呢？」

「什麼？所以我剛才解釋過了啊。脂肪是最值得信賴的緊急食糧……」

「我、我不是問脂肪的事啦！」

奧拉打斷他的話，一臉認真的如此詢問：

「為什麼萊因霍爾特先生什麼都沒有問呢？我的事情，你完全都不知道對吧？你不會起戒心什麼的嗎……？」

尤里確認的事情只有最低限度的委託內容，對於她的來歷，以及她跟斯坦普魯格家千金的關係，連一句問題都沒有問。為什麼他會這麼輕易的接納一個身分不明的小女生呢？奧拉對這一點特別無法理解。

而少年在被問到這個問題的時候……他反過來這麼問了：

「怎麼啦，妳希望我問嗎？」

「呃，不是，這個……」

「哈哈哈，抱歉抱歉，開玩笑的啦。我這個人被稱為『棺材推銷員』，也沒資格去對別人的事情說三道四。再說呢，老實講妳是誰之類的事情跟我都沒有關係。在迷界要做的事情只有一件——活下去，就只有這樣而已。」

少年乾脆俐落的說完這句話，趁奧拉還沒有接話又繼續說：

「另外啊……『尤里』。」

「咦……？」

「『萊因霍爾特先生』還是很長吧？所以，妳叫我『尤里』就好了。」

少年的眼睛筆直凝視著奧拉，她猶豫的點了點頭，說：

「我、我明白了……尤里、先生。」

「嘿嘿嘿，說得不錯。」

少年滿意的笑了起來，這回他真的隨意揮著手離開了。

——……

——……

奧拉獨自一個人，躺在事先安排好的旅館床上。

「呼……」

她凝視著陳舊不堪的天花板，輕歎了一口氣。

第一次到訪的城市、第一次遇見的人們、還有就是，那個看起來好像在使壞卻又怎麼樣都擺不起架子的奇怪少年。今天是個充滿許多第一次的日子。奧拉慢慢的閉上眼睛，突然想到一件事。

這麼說來，自己已經多久沒有出聲笑出來了呢。

這裡是第七門之城，距離迷界最近的城市。少年曾經說異界的空氣會改變人。是真是假，她並不清楚。不過……。

（或許，這並不壞……）

她撫摸著少年給自己的點心袋子，同時輕輕的閉上了眼睛。

※※※※

第二天。

正如少年離去時所說的那樣，從這一天起，她要開始進行為了能在迷界生存下去的特訓。

聽到「訓練」這個詞，奧拉腦海中浮現的是做健身或跑步之類的運動。不過實際上似乎並不是那樣。

「健身？那種東西不用啦不用啦。距離出發還有七天對吧？這點時間根本長不了什麼像樣的肌肉。」

「那麼，你說的訓練是……？」

「我要教給妳的事情只有一件——『正確的走路方式』。」

尤里說完這句話後就開始解釋：

「『走路』這個行為，雖然大家都覺得是理所當然，不過如果要我說的話，大多數人只能給五十分。正確的重心控制、正確的呼吸方式、正確的帶行李方法……我要妳在這七天好好把這些事情學起來。沒什麼，這些都不是困難的事，只要有那個心連小孩子都辦得到。知道了嗎？」

就這樣，奧拉開始學習正確的步行法。這是一種不易跌倒、不易疲勞、不管在什麼地形都能適應的走路方式，據說這在橫渡迷界時至關重要。少年是這麼說的：「一流的冒險者，都有著美麗的步伐」。

當然，這並不是一朝一夕就可以掌握的技能，一開始她完全走不好。然而，原本以為不會好聲好氣的少年其實很照顧人，每當她失敗的時候都會耐心教導，跟她說剛才是哪裡不行，下次要怎麼樣注意才好。他不大聲罵人，也沒放棄不管，就是一步一腳印的耐心教導她。

拜少年所賜，她只用了三天就走得相當像樣了。

「嗯，感覺不錯。我說妳，其實很有才能喔。」

「是、是嗎……？我沒有什麼實際的感覺……」

「哈哈，是沒錯啦。畢竟正確的步行法主要是為了預防傷害和疲勞，沒有實際感覺是當然的。」

少年聳了聳肩，露出了不懷好意的笑容，先說了一句「重要的是……」之後，又這麼說：

「我說妳，擅長唸書嗎？接下來我要為妳講課。總之，我會要妳把阿爾巴斯隊路線的行程全部背出來喔？」

尤里以略帶恐嚇的神情笑著說完，不過對奧拉來說，在這件事的前面還有一個問題。

「呃，阿爾巴斯隊路線是……？」

「怪了？我沒跟你說過這件事嗎？」

「糟了糟了。」尤里抓了抓頭後，這麼說：

「迷界這東西呢，是由複數的小世界──『界相』連接形成的。我們要通過這些小世界和小世界之間的連接點『境界門』前進。」

由無數的界相連接而成的迷界，在形態上酷似人類神經細胞的樹狀結構。不過，能夠確認其全貌的人當然並不存在。

「可是呢，就跟登山有複數的攻頂路線一樣，就算在迷界中前往目標界相的路線也不止一條。已經確定有三條路線可以前往我們的目標羅格斯尼亞──『阿爾巴斯隊路線（A路線）』、『貝加姆隊路線（B路線）』、『切爾西卡隊路線（C路線）』，狀況是這樣吧。」

尤里邊說，邊豎起三根手指給奧拉看。

「在這當中，妳的朋友想必會走『貝加姆隊路線』。這是前往羅格斯尼亞最常見的路線。但是，我們要用的是『阿爾巴斯隊路線』。這條路比B路線更安全而且是捷徑，不過遺憾的是可以通過的時期很有限。這路線只有在那個名字叫利斯尼亞的界相進入乾季的時候才能用，而這個乾季很快就要來了。」

尤里又高興的說了一句「時機剛剛好啊」，不過奧拉還有一個疑問。

「可是，為什麼你會說奈莉亞會用B路線呢？如果要說路線的話還有一條對吧？」

她才說完，尤里就不以為意的笑了。

「很簡單。最後一條……『切爾西卡隊路線』呢，可是危險的不得了。只要沒有自殺傾向就不可能會去走這條路，就是這麼回事。總而言之，妳要把A路線上界相的特徵和注意要點記起來。因為知識正是在迷界生存的最大武器。」

就這樣，在白天的步行訓練之後還有晚上的講課，奧拉的時間過得更快了。在訓練和唸書的中間，她也要去購買裝備並進行預防接種。日子轉眼過去……不知不覺已經到了出發前一天。

這一天是要對四處蒐集的裝備做最終檢查的日子。尤里狹小的家中，如今塞滿了大量整齊排列的道具。

首先是防水款式的外套、三層結構的靴子、輕薄堅固的手套……等基本裝備，以及打火石跟醫療箱、繩子與懷錶等等。另外像自衛用的槍支和日常用品等必要的物品都已準備齊全。只是，在這些東西當中有一樣異常的東西——一捆堆積如山的筆記本。

到底上面寫了些什麼呢？奧拉懷著疑問伸手過去，結果被少年用手掌猛力拍下。

少年是這麼說的：「這些東西裡頭滿滿都是高價的情報。像是稀有礦石的礦脈或高級藥草的生長地之類，光是情報費就算妳拿一千萬盧克斯都買不起。要我特別打九折賣給妳看嗎？嗯嗯？」雖然奧拉不知道是不是真的，不過她反正也沒有興趣，於是就放棄不看了。

比起那些東西，她更在意的當然是直接影響到性命的食物。為了延長保存期限而特別烤硬的餅乾、水果蜜餞、糖果、巧克力、堅果類等等，少年所準備的全都是高熱量・高糖分的食品。雖然也有裝滿糙米的麻袋、燻製肉塊、裝有紅茶茶葉的罐頭跟一袋小魚乾等確實像食材的食物，不過基本上每一樣食物與其說是主食，還不如說歸屬在緊急食糧或行動食糧的類型。似乎是因為這回在他們走的A路線上有許多界相可以現場取得食材，所以隨身攜帶的食物就僅限在行動食糧的範圍中了。

順帶一提，裝載這些的背包也是特殊款式，並不是市面販售的單一巨大袋狀造型，而是以繩索將複數個大大小小袋子連結成一包的款式。這玩意甚至可以在需要時將一部分袋子拆卸下來，是事先針對各種狀況設計的橫渡迷界專用造型包。

列舉到這裡也只是所有道具的極小一部分。光這些備用品就足以開一個攤位，換句話說，這也代表了旅途的艱難。沒錯，迷界是個極其危險的地方。必須要做到萬全的準備才行。因此，少年才要像這樣毫無一絲遺漏的仔細檢查……儘管出發前的檢查作業是超級重要的工作事項，這一點就連奧拉也非常明白。可是明白歸明白……。

「──維生素片ＯＫ、黑灰石ＯＫ、雙筒望遠鏡ＯＫ……」

「……請、請問，尤里……？」

「攜帶型鏟子ＯＫ、調味料組ＯＫ……嗯～怎麼了？……鞭炮ＯＫ、肥皂ＯＫ……」

面對單手拿著自製檢查表以認真表情用手指清點確認的尤里，奧拉戰戰兢兢的出聲發問。

發問理由非常明顯。

「你確認到現在，已經是第七次了耶……？」

把道具從背包翻出來一一擺放，再裝回去塞滿背包之後，又從背包翻出來。從早上開始他就一直都是這個調調。當然確認很重要……可就算是這樣也該有個限度。

然而，對他本人而言，好像確認得還不夠的樣子。

「不要說傻話，不是『已經是』，而是『才』第七次。門是單向通行的，一旦進入迷界就沒辦法走回頭路了。至少還得再檢查七次才行！」

「是，是這樣啊……」

說實話，奧拉在這七天已經隱約察覺到……這個少年，似乎有一點神經質。事到如今，也只能讓他本人檢查到滿意為止了。

就這樣，在足足十五次的檢查作業結束之後，少年總算心滿意足。

「……很好，這樣就可以了！好了，那我們去做個實地演練，妳先背這個走到大道上吧。」

少年這麼說，並把僅僅裝到一半的背包交給奧拉……然而，奧拉將背包背起來後，沒多久便忍不住發出了呻吟聲。

重，而且是非常重。雖然她曾經背過重物去作重心訓練，不過這麼重的東西還是到了今天才第一次背。光是要站起身來就相當難受，何況這還只是一半的重量。

「抱、抱歉、這個、可能有點、沒辦法……」

要背負這種重量去旅行，根本就不可能。果然還是有必要練健身……奧拉開始不安，不過少年卻用笑聲輕鬆表示沒問題。

「啊啊，不用擔心重量。因為有『異界化』所以沒問題的。」

「異界化、嗎……？」

奧拉對這個沒聽過的詞彙歪頭表達不解，尤里也同樣歪頭說了一句「奇怪？」。

「我沒有說明過嗎？雖然也是要看界相，不過迷界這地方所遵循的法則跟地上是不一樣的。所謂『異界化』就是身體順應了那些迷界的規則。怎麼講，如果要說得非～常簡單的話……異界化狀態的妳，不管遇到多麼大隻的壯漢都可以一拳打飛，大概是這樣的感覺吧。」

尤里隨口說完，又補充一句「只不過……」並繼續說：

「異界化不一定都是好事。受制於另一個世界的法則，對身體當然會有負擔。這當中顯著表現出來的症狀叫『迷界暈』，像是發燒、嘔吐、腹瀉、精神衰弱……最糟的情況，就是直接死亡。」

「咦……？」

「不過不用擔心。因為我們會按照步驟讓身體去習慣迷界。像是同調法或服藥法之類，有好幾種做法……不過這回我們是用最基本的『淺層適應法』，就是在深度比較淺的界相中慢慢讓身體習慣異界。怎麼講，只要這麼做就不會輕易迷界暈，不過不是絕對不會就是了。」

這麼說來，在旅程中需要在第一個界相停留四天以上，看來目的就是為了要適應異界的環境。

「就這樣，總之現在就努力一下吧。好了，走嘍。」

到頭來，現在的痛苦還是要忍耐嗎？

兩人就這樣背著背包走到大道。儘管站起身時真的很艱難，不過一踏出腳步反而就頗簡單。雖說是臨陣磨槍，但也是拜這一個禮拜的訓練所賜吧？

他們就這麼走了大約十分鐘，平安無事抵達大道。尤里滿意的點點頭，說：

「很好，感覺不錯。回去嘍。」

「呼、呼……好、好的……」

還要再走那麼長的路途回去嗎？就在奧拉內心如此歎息，並轉身沿原路回去的時候，四周突然開始騷動起來。

她心想發生什麼事，往騷動的方向望去，便看到那裡有一團人群正從道路遠方走過來，人數差不多有一百人左右。所有人都背著和自己一樣的沉重裝備。

「原來如此，是韋德爾茲隊的歸來嗎？比預定時間還要早啊。」

少年的低語讓奧拉意識到，那是一支從迷界歸來的冒險隊。從髒汙的程度來看，他們現在才剛回來。這支隊伍似乎相當有名，圍觀的人群相當熱鬧。隊員們也對迎面飛來的「歡迎回來」呼聲以微笑回應。

可是，當隊伍行進到眼前時，奧拉忍不住皺起眉頭。

韋德爾茲隊一行人確實都面帶笑容，可是從近距離看，就能發現他們的表情並不只是單純的安心和成就感，還混雜了別種情緒。沒錯，是跟燦爛的笑容形成對比的，更加陰暗的某種東西……。

「……七人、嗎……？」

「咦……？」

在奧拉的身旁，少年小聲的嘀咕。

「……只是簡單的減法啦。韋德爾茲隊這次有八十九人挑戰遠征。如今在這裡的……是八十二人。」

奧拉重新將視線移向在道路中行走中的人們。

對他們來說，生還的喜悅和成功之後的成就感，毫無疑問都是真情流露。但在那笑容底下的，是眾多想切割也切割不掉的激盪情感。

後悔、失意、悔恨、罪惡感──如此複雜糾結的情感螺旋，以她的詞彙遠遠無法盡數形容。他們絕對不會不甘心，然而即便如此，應該還是會忍不住思考，如果在那一天、那一刻，選了另一個選項的話……是不是可以讓大家都在這裡，一個也不少。

「……好了，差不多該回去了。為明天做好準備，好好休息吧。」

──……

──……

公雞叫聲高亢，交雜著小鳥的輕聲鳴唱，清風吹遍全身，陽光無盡柔和……出發當天的早晨，平常到有些恐怖。

「好了，我們走吧。」

「好、好的……」

背上背包，繫緊鞋帶。

感覺步伐有些飄飄然的奧拉，跟在少年背後走出玄關。事先雇用的馬車正在外面等候。門的位置在城市中央，要背著這麼大的行李走過去很有可能會累垮，所以奧拉在內心是鬆了口氣的。

兩人就這樣在馬車上晃了一小時，抵達了那個地方。

「這裡是管理通往迷界『主門』的迷界管理局。」

他們下車的地方，是一座外觀簡直就像教堂一樣的巨大設施。雖然造型莊嚴肅穆，不過可能是經年累月的關係，隨處可見破損的痕跡。這個地方自古以來到底使用了多久呢？

一進入建築內部，便能看到幾團冒險隊正在裡面等待。通往深處的門前有守衛站著，正在執行接待冒險者的工作。

這裡應該就是最終詢問的地方。奧拉如此心想，並略顯緊張的做好準備，不過她要做的事情，也只有讓對方確認自己的目的地和姓名而已，還滿事務性的。即使對自己而言是賭命之旅的開始，但以對方的觀點來說，就是每天的例行公事吧？

總之兩人通過守衛詢問並打開了通往深處的門。他們就這麼穿過長長的大理石走廊之後來到一處莊嚴的大廳，而座落於大廳當中的則是——

「妳看，這個就是主門。」

在這處會讓人聯想到神聖殿堂的空間正中央，一般教堂應該會設立女神像的位置上，它就在那裡。

高三公尺，寬五十公分，漩渦狀的半透明光芒在半空中浮動。它像水面粼粼的波光，又像遙遠閃爍的銀河，是極其脫離現實的景象。然而，它的確存在於兩人的眼前。

「『門』——空間的裂縫、古代文明的魔法、外星人的科技……這個嘛是有各種解釋啦，不過至今它的真相依然不明。只不過有一件事情是確定的……它就是連結迷界的玄關。」

奧拉再次望著門。到底它存在了多久，是誰創造的，又是為了什麼而存在……這個真相不明的神祕之門，吞噬了眾多的夢想與希望，靜靜的聳立在那裡。

已經有好幾位冒險者從這裡出發並獲取財富跟名譽，但另一方面也有幾千倍以上的人再也沒有回來。人在門的引導下所前往的所在，會是未見的極樂、還是恐怖的地獄深淵？

無論如何，要前往的是他們自己。

想到這裡，奧拉瞬間感到胃在猛力揪緊。有點像噁心、又有點像疼痛，是一種初次領受的感覺。恐懼？緊張？期待？或者是這些都有？當奧拉吞了一小口口水時，旁邊突然傳來一陣笑聲。

「哈哈哈，我說妳，妳的表情好好玩喔。」

不知道奧拉心思地尤里縱聲大笑。雖然奧拉不高興的瞪著他，不過少年看到她那模樣還是繼續笑個不停。雖然被當白癡真的很不愉快……不過她的心情也拜此所賜，稍微緩和了些。

「那麼，我們就走吧！」

「好的……！」

就這樣，他們站到門前面，一陣風輕撫奧拉的臉頰。

這道異界之風極其鮮明，其氣味不像海潮，也不像花香，象徵不屬於這個世界的未知。兩人被這陣風吸引，向內邁出步伐。

霎時間，強烈的引力襲向奧拉全身。奧拉的肉體輕鬆裂解，只有解離的意識融入異界之風並乘風散逸。光線、聲音、氣味，皆如奔流般穿過赤裸裸的她。在那團龐大的情報集合體當中，她確實感受到了。

在遙遠夜空中綻放的星星燐光。
在某處馬廄中誕生的赤子啼哭。
在記憶深處細聲呢喃的海洋之味。
在未知未來相遇的幼兒小手。
在世界一隅沉睡的野獸氣息。
以及，在遙遠的過去，為了某人而奉獻某物之祈禱。
在不屬於自己的歲月追憶盡頭——一切突然全面白化。

——……

——……

再次睜開眼睛的時候，她已經在這裡了。

如同波濤般蜿蜒的熔岩大地，零星生長的暗褐色植物，很像蜥蜴的生物從地面裂縫中探出頭來，牠從頭到尾都被紅色鱗片覆蓋。即使是在頭上發光的太陽，在這裡也呈現疲憊的黃昏色。

——環顧四周，這裡是一個赤銅色的世界。

「這裡是……迷界……！」

這是湊巧與冥界諧音的未知新天地。第一次踏上這片連空氣的味道都跟地上不太一樣的地面，奧拉只能驚愕的睜大眼睛。

「哈哈哈，很殺風景對不對？這裡是『埃留歐斯系·基里索·第1界相』——別名『瑪烏納』。怎麼說，就跟妳看到的一樣，是個一點都不有趣的界相，不過也因為這樣比其他地方安全。只要小心沙塵暴就好了。所以，雖然妳可能期待落空了，不過就忍耐一下吧。」

少年以一如平常的語調對她笑著說。這些話應該是要用來緩解她的緊張吧……不過，打從一開始就沒有這個必要。

「不會，太棒了……！」

綿延不絕的地平線。

混雜著沙礫的乾燥大氣。

以及，單純無意義擴展的空曠大地。

這個與她所知的城市和村莊從根本上完全相異的地方，確實充滿了令人背脊發涼的異質感。可是為什麼呢？不屬於這個世界的荒涼異界風景，在她的眼中卻顯得非常鮮明。

「算了，總之妳先專心適應吧。一開始或許會有頭痛和疲勞感，不過應該很快就會習慣。覺得難過的話坐下來休息也……」

少年表達關照的聲音，不知道為什麼聽起來異常遙遠。不過現在的奧拉完全不在意這種事。什麼叫「覺得難過的話」？這個少年到底在說什麼呀？完全相反——這還是她第一次有這麼舒服的心情。

面對未知的世界，奧拉心情雀躍，這種感覺甚至是從她出生以來未曾體驗過的。她覺得現在的自己可以去任何地方……不對，這一定不是自己想太多。

要真的試著去這個世界的盡頭看一看嗎——？

奧拉的腳，踏出了一步。身體驚奇的輕盈，簡直就像是喪失重力一樣，連背上的行李重量也感受不到了。

接著是第二步。踩踏大地的感觸竟然好舒服，頭腦中爆發出飄飄欲仙的欣快感，讓她極度喜悅到幾乎目眩神迷。

第三步，身後可以聽到少年的聲音。他似乎在焦急些什麼，但她怎麼樣就是不明白那些話的意思。這麼說來，她也想不起來少年的名字，不過呢也都無所謂了。因為現在，委身在這份迷茫的喜悅中更重要。

第四步——第五步——第六步——她每一步都踏得比前一步更快、更遠。少女在無邊的大地上奔跑，呼吸瞬間急促，心跳也激烈加速。但不可思議的是一點也不難過。彷彿自己與呼嘯而過的風融為一體，不管到哪裡都可以奔跑。全身顫抖不斷心境騷動不已，完全沒有想過要停下來。耳邊迴盪著風的呼嘯聲，還有夾雜於其中的笑聲。就在她懷著疑問心想那會是誰的聲音時，才發現是從自己的嘴唇中流露出來的。

啊啊，怎麼會這麼愉快呀？

這種難以具體表達的解放感，就像是脫離了肉體這個沉重枷鎖一般。激烈的心跳沒有收斂跡象，如今已在爆炸邊緣。儘管如此，她還是覺得這樣很好笑，她笑得更大聲了，狂笑到幾乎喘不過氣來。

沒錯，如今誰都不能阻止我。

父親不能，繼母不能，那些僕人不能，甚至連我自己都不能。直到我崩壞成碎片那一刻為止。

——啊啊，誰快來——

──阻止──

──我──

「──奧拉!!」

在少年尖銳的聲音響起來的一瞬間，世界唐突的上下顛倒了。等到她發覺這是因為自己被人背後推倒的時候，眼睛和嘴巴都被薄布摀住了。

「──妳聽好，只要聽我的聲音。」

少年的聲音在漆黑的世界中響起。

「──從1開始數數字。一個一個數，不要跳過去。除此以外都不要想。」

為什麼非得要做這樣的事不可呢？雖然少女心中懷有疑問，但也覺得人家說要數那就非得要這麼做不可，她開始一個一個數。1、73、191、8、25794──怪了，不是這樣。人家說跳過不行，必須要照順序。可是不管怎麼樣她就是想不起來，1的下一個是什麼？

在她拚命動腦思考時，頸子突然被人扼住。在感覺到疼痛和窒息之前，頭腦深處已經先一步迅速冷卻。沸騰的身體和凍結的頭腦，在彼此矛盾的奇妙感覺當中，她感覺意識正急速喪失。

奧拉第一次的異界記憶，就在這一刻戛然而止。

第二章 ——「亞龍」——

「我明白了，父親大人。」——這是她學會的第一句話。

在她出生的宅邸裡，父親是絕對的存在。

好幾十位管家、好幾百位女僕，甚至連那十四位小妾，每個人都服從父親。所以她也照著這麼做。畢竟那些不順從父親意志的人會變成什麼樣子，她已經看到不想再看了。在他的價值觀全面籠罩的豪宅當中，她沒有立身之處。

然而即使這樣，對她而言還是有一個地方能讓自己心靈平靜。

比任何人都溫柔，比任何人都美麗，她的母親就在那裡。她一個禮拜只有幾個小時的時間，可以見到受病魔摧殘的母親。然而即使這樣，她拜託母親講述的異界故事還是比任何事物更能安慰自己的心靈。在聽母親說話的那一小段片刻，她會覺得自己從這個令人窒息的鳥籠中得到解放。所以年幼的她這麼發誓，總有一天一定會帶著母親一起去冒險。

然而這個願望並沒有實現。

在她即將成年的時候，母親忽然去世。

所以，她的冒險故事也就這麼結束了。

※※※※※

意識從暗黑的底部慢慢浮上來。

重新恢復自我的少女，努力撐開沉重的眼皮。

然而，她的前方還是一樣黑暗。

明明眼睛應該睜開了，整片視野還是一樣漆黑，即使她反覆眨眼也沒有改變。她現在，獨自一人處在暗黑之中。

少女逐漸開始感到不安。該不會，自己的眼皮已經無法動彈？會不會自己以為已經睜開眼睛，實際上卻再也沒辦法睜開了？

這個疑心一旦萌發，轉瞬間就越脹越大。

自己說不定再也沒辦法看到光明了。說不定永遠都會被囚禁在黑暗的世界中。就一直這個樣子，直到死去。

才不要這樣。就算硬來也一定要睜開，即使把眼皮扯裂也沒關係。

於是少女對著自己的眼睛伸手過去——差點就要把眼皮摳掉的時候，她的手被人從旁邊一把抓住。

「——冷靜點，妳的眼睛睜得很開啦。夜晚會黑是當然的吧？」

完全無法從少年的聲音判斷他的遠近。他鎮靜的對自己低聲說：

「七次，用力深呼吸。不用急沒關係。慢慢來，用力、吸氣、吐氣。」

他用沉著的聲音反覆指示……少女不知道為什麼覺得自己必須遵循這份平靜的指示，於是將眼皮閉上。

她將氣息深深吸進肺裡，然後慢慢吐出來。這個自出生以來就下意識反覆不斷進行的動作，如今執行起來感覺異常困難。

但也因為這樣，效果有出來。每次深呼吸的時候，焦躁不安的感覺就逐漸從全身脫落。就這樣，在她完成第七次深呼吸的時候，少年的聲音再度響起：

「……很好，妳的脈搏也穩定下來了……喂，妳自己的名字，知道嗎？」

「名字……？我是……」

少女在迷霧般的腦海中，努力找到了那組文字。

「奧拉……」

她才剛把這名字說出口，頭腦就迅速清晰。就像籠罩在上空的霧氣一放晴就消失一般，她的思考也恢復明智。

在此同時，少女……奧拉，也回想起了自己先前做了些什麼。

「啊……！尤、尤里！我、我、怎麼說、突然就、然後……！」

「暫停暫停。所以我叫妳要冷靜點吧？」

尤里先安撫驚慌失措的奧拉，接下來依然慢慢的詢問她：

「我會說明狀況的……不過在這之前，讓我問一個問題。妳說妳是花店的女兒……不過那件事，是假的吧？」

在無法探知表情的黑暗中，也不可能掌握他問這個問題的真正意圖。奧拉先呼吸了一次，然後強裝鎮靜反問道：

「……你為什麼、會這麼認為呢？」

「『迷界瘋』——這是發生在你身上的事情。」

尤里告訴她一個陌生的詞彙。

「這種現象呢，簡單來說就是跟迷界暈相反……因對異界適應過頭而導致身心失去平衡的症狀。只不過它與迷界暈不同，案例非常罕見，只會出現在反覆異界化的人類孩子身上。也就是說，妳是冒險者的女兒。」

尤里滿懷信心如此斷言。奧拉理解到自己沒辦法用言語開脫，於是在短暫猶豫後回答了：

「……是的。我的母親是冒險者。她已經去世了。」

奧拉說出來的只有這些。她沒有回答自己說假話的理由跟這麼做的目的。不過，尤里也沒有進一步追問。

「這樣啊，不好意思啦，問了妳不想說的事。不過我還有一點要確認。這樣一來，妳的朋友是千金小姐的事情也是……」

「不、不是的，這是真的！」

奧拉神色略顯焦急的回答了：

「我和奈莉亞因為有共同的處境……所以感情才會很好……」

「……有共同的處境？也就是說，那女孩的母親也是冒險者嗎？」

「是的，而且還是個名號相當響亮的冒險者。不過在某一次的大規模遠征失敗之後，背負了巨額債務。作為債務交換的條件，奈莉亞的母親嫁入商會，成為夏洛克・斯坦布爾格的小妾。」

對於從事迷界貿易事業的商人而言，馴服優秀的冒險者是某種地位的象徵。尤其罕見的女性冒險者更是物以稀為貴。雖然這是一個非常不舒服的話題，不過就連尤里也對這種不良興趣的風潮有深刻理解。

「奈莉亞也就這麼生下來了。只是，受到產後長期體弱多病的影響，她母親的身體再也沒有辦法去冒險。夏洛克只想掌控『高知名度女冒險者』的地位，對母女兩人完全失去了興趣。被正妻疏遠、被親生父親忽視、甚至連自由都未曾被施予過……奈莉亞就是在這樣的環境下長大的。」

這完全就是籠中鳥。這種單純被當成麻煩人物圈養到死的處境，會是多麼的痛苦啊。

「而在上個月，她的母親去世了。奈莉亞失去了最後的立身之處，真正成為孤身一人……所以，她離家出走了。」

「以自由為目標而前往迷界，嗎……可是，為什麼要特別去『羅格斯尼亞』呢？那個界相危險的不得了，不是外行人可以活下來的地方。而且她也沒有自殺傾向……」

尤里話說到一半就閉口不言了。

「……該不會，真的是那樣吧？」

「……是的。她的母親在生前經常對她說，羅格斯尼亞這個地方有『迷界最美的樹』。而且羅格斯尼亞也是奈莉亞的母親懷著她踏上最後一次冒險之旅的目的地。所以，失去立身之處的奈莉亞打算在那裡作個了結。在母親與自己共同旅行的最後之地，看過母親心愛的美麗之樹再死……這就是她的願望。」

「……這樣啊，妳是為了阻止這件事……」

尤里在聽完一切之後，沉默了一陣子。

奧拉對他那樣的沉默有深刻體會，在內心也做好了覺悟。

奈莉亞的情況跟少年沒有關係。對他而言只有自己假扮花店女兒的事實。因為這樣自己成了迷界瘋帶給他麻煩，就算他要求終止契約也是自作自受。

……不過尤里再度開口的時候，他的聲調卻令人驚訝的跟平常沒兩樣。

「很好，這樣的話就得要好好幫忙了！」

「咦……真、真的可以嗎……？」

奧拉忍不住脫口說出她的疑惑。不過，尤里卻爽快的笑著說：

「沒什麼，目的地又沒變，這樣就夠了……不過，這是建立在這種情況妳還想要繼續走的條件下啦。」

「咦……？」

奧拉對他這句意味深長的話語皺起了眉頭。就在這個時刻，一陣強烈的刺激突然刺到了她的眼皮。好像有點熱、又好像有點痛……當她察覺到那是「光」的時候，周圍迅速染上了顏色。

環繞在四周的洞窟石壁、正在整理行李的尤里，以及，讓她甚至感到懷念的自己身體。這些光景並不特別美麗，岩洞內部反而可以說是殺風景。話是這麼說沒錯，但奧拉感到了無與倫比的安心。

有光、有色彩、有形狀，可以認識到自己的存在。只是因為平凡的早晨到來了，光憑這點事，自己剛醒來時所感受到的不安就奇蹟般消融了。

然而，她在感慨之後，也注意到洞窟外面的一整片異質光景。

紅紫條紋相間的大樹、黃黑斑點交雜的果實，天藍色的藤蔓四處蔓延，就連盤旋飛行的昆蟲也發出七彩螢光。在洞窟外面開展的，是一片色彩非常鮮豔的密林。

「咦……？這裡、是哪裡……？」

奧拉不由自主的不停眨眼。明明剛才還是在殺風景的荒野中呀……？

「『奈爾希卡系・拉烏索・第13界相』——別名『艾納利亞』。」

「『艾納利亞』……？可、可是，『瑪烏納』的下一個界相是『澤貝達』吧……？」

關於行程的資訊她已經預習到煩了，應該沒有記錯才對。

結果，尤里聳了聳肩這麼回答：

「是啊，妳答對了。不過，那是走『阿爾巴斯隊路線』的話啦……我們目前在的這個地方呢，是『切爾西卡隊路線』的入口。」

「嗚……！」

聽到這個路線名的奧拉嚇到了。在通往「羅格斯尼亞」的三條路線當中，它是少年斷定為「非常危險」的死亡之路。

「要治療迷界瘋，必須要用跟迷界暈相反的方法，只能來到這個深度比較深的界相。而且門是單向通行的，現在也不可能回到A路線了。換句話說就是要二選一……是放棄救援轉向回去的路線？還是就這麼繼續穿越C路線？」

少年開口以平淡的語氣將選項告訴她。這時候，奧拉才終於理解剛才那個問題的意義。

「如果想救妳的朋友，我們就要走一段死亡旅程。我再問妳一次……即便如此，妳還是要繼續前進嗎？」

然而，面對少年試探性的問題，奧拉還是毫不猶豫的點頭。

「是的，我已經做好覺悟了。」

自己是為了達成目標才會在這裡的。事到如今打退堂鼓也於事無補。

尤里聽到這回答後輕聲說了一句「是喔～」。然後……不知為何露出了滿意的笑容。

「好，很好。希望妳能繼續保持這股氣勢。」

「……什、什麼意思呀，你那表情？」

「算啦算啦，妳馬上就會知道了。」

少年的臉上，浮現一副非常危險的笑容。這和他在初次見面那一天對自己惡作劇時的表情一模一樣。奧拉心中湧起了不祥的預感。

而在她走出洞窟時，馬上就知道這個預感是準確的。

「……唔！……這個、是什麼味道……!?」

她剛出發離開洞窟，一股強烈的異味就隨風飄了過來。她環顧四周尋找異味發生的原因，沒多久便在洞穴旁邊發現了奇妙的東西。

營火劈里啪啦迸射火光，上頭懸掛著一只鐵鍋——一股充滿異味的土黃色煙霧正從其中不斷上竄。

「這、這個、是什麼……？」

奧拉一邊捏著鼻子一邊戰戰兢兢的打探鍋內。裡面盛裝了大量切成小塊的木屑。煙霧似乎是從這些被加熱的木屑中冒出來的。到底是為了什麼目的……？

「這是用西西卡巴樹皮製成的小木塊。味道很強烈吧？」

尤里一面說著，一面開始攀登營火旁邊的樹。仔細一看，兩人的外套正掛在那棵樹的樹枝上。

「來吧，把這個穿上去。」

奧拉反射性接住了對方扔過來的外套，在下個瞬間發出了「嗚！」的聲音。畢竟，這件被煙整個燻好燻滿的外套上面，散發出來的是跟那股煙霧同樣刺激的濃郁異味。

「……你、你要我穿這個、嗎……？」

「嗯？怎麼了，不敢穿？」

面對捏著鼻子皺著眉頭的奧拉，尤里用揶揄的語氣出言逗弄。不過這種話當然無法動搖她的覺悟。

「……請不要把我當白癡。」

奧拉邊說邊穿上外套。沒關係，應該很快就會習慣這股氣味，這點小事完全沒有問題……

但是，她還不知道，在這之後才會有真正的考驗等著她。

「呵呵呵……很好，那就出發吧！」

——……

……

「——嗚嗚……」

「——咿！」

「——呀啊啊啊！」

出發十分鐘後。

在色彩繽紛到眼花繚亂的樹海中，響遍了奧拉的悲壯慘叫聲。

「喂喂，怎麼了？妳不是說這點小事沒問題嗎？」

「就、就算你這麼說……！」

奧拉不悅的嘟起嘴唇。她是已經習慣了西西卡巴樹皮的氣味。可是，有比惡臭更讓人受不了的東西存在。

「這些蟲子，請你想想辦法呀……！」

在樹木茂密的森林中，這邊跟那邊都有大量的蟲子飛來飛去。從像蜈蚣的多足型，到像獨角仙的甲蟲型，再到像蝴蝶的有翅型，甚至還有形態奇怪到無法舉任何地上的昆蟲當例子來形容的蟲子。無數的怪蟲不斷群集在周圍飛來飛去，確實會讓人想要慘叫個一、兩聲。

當然，畢竟是在樹海行走，有蟲子在也是理所當然……可是，問題在於牠們的數量。因為每邁出一步就會有以幾十隻為單位的蟲子飛入視野，實在是讓人受不了。總共算起來，這已經是她第三十次閃直接衝著眼睛飛過來的蟲子了。

「妳~在叫什麼苦啦，這樣已經算少的嘍？畢竟西西卡巴的驅蟲效果很好的。」

「效、效果很好……還有這麼多……!?」

「是啊，要不然我們現在已經被蟲子全面覆蓋了。再說，這點程度用不著每次都大驚小怪，沒問題的。如果有很糟糕的毒蟲，我會好好告訴妳。」

雖然尤里這麼說，可是問題並不在危不危險。就像大多數人看到蟑螂會跳起來一樣，這是一個生理性的厭惡問題。

然而，當她想要說明這件事時又回想起來，對方是個會把昆蟲當零食吃的人。根本不可能會理解。結果她能做的事情，就只有用欲哭無淚的表情步行而已。

總而言之他們繼續在樹海前進了三個小時。就在她已經快要沒力氣慘叫的時候，尤里突然提出警告：

「──奧拉，妳聽好了。接下來不管發生什麼事情都不要叫。那些傢伙討厭高音。」

「那些傢伙──？」

正當她想要反問「到底是什麼？」的時候，突然有影子落到頭頂上。奧拉心想，原來這裡有這麼高的樹呀，並轉頭向旁邊一看……在這一瞬間，她親眼看到了問題的答案，

「──!!?」

奧拉極力把快要從喉嚨衝出來的慘叫聲吞下去──在她的身旁，就坐著一頭像大象跟河馬混合體的巨大生物。

五公尺……不對，可能有六、七公尺高？為厚厚的體毛所覆蓋的巨大軀體宛如小山一般，支撐這軀體的六條腿也跟大樹的樹幹一樣粗。而這生物最顯著的特徵，就是足足有那巨大身體一半體積的超大下顎。牠如果把嘴巴完全張開，想必可以輕易將兩人整個吞下去吧。

這頭奇怪的巨大生物，就在她伸手可及的距離內端坐著。而且還不只有一頭，這邊那邊都有。看樣子奧拉他們似乎誤闖到這群生物的正中央來了。

「尤、尤、尤里，這是……！」

「『老努卡』──這些傢伙很乖的。這個嘛，怎麼說呢……吃起來很美味。」

尤里把奧拉根本沒有問的事情告訴她。不管怎麼想，該擔心的不是吃牠們，而是被牠們吃掉才對吧。

就在她於內心如此吐槽的時候，老努卡突然站起身來。牠光坐著就已經十分有威嚴的感覺

了，可是一旦像這樣站立起來，壓迫感就更強烈。以生物而言，對體型差距產生恐懼是當然的本能，現在她的心情就跟被蛇盯上的青蛙一樣。

老努卡就這麼起身站立，並低下頭來盯著奧拉……然後大大的張開了那張嘴。

「咿……！」

巨大的口腔就在眼前張開。奧拉反射性將身體縮成一團，不過她很快就察覺到一件事。排列在口腔內部的……並不是銳利的獠牙，全都是像石臼一樣平坦的牙齒。而且總覺得還飄散著類似果實的甜蜜香氣。另外，老努卡只是一直張嘴呆呆站著，攻擊企圖是零。

牠想做什麼呢？就在她歪頭思考的時候，一群飛蟲從自己背後飛來。奧拉驚訝的閃身躲開，那些飛蟲彷彿受到了引誘，就這麼直接飛進老努卡的口中。在下一個瞬間，牠以肉眼無法捕捉的速度閉上了嘴，那群可憐的飛蟲消失得無影無蹤了。

「妳看到了吧？這些傢伙已經將食性特化為吃昆蟲了。」

尤里以得意洋洋的表情，拍了拍已經嚇呆的奧拉肩膀。雖然他似乎是想說：「很可愛吧？」，不過旁邊卻傳來了咬碎甲蟲時的恐怖咀嚼聲。對於那些巨大的牙齒來說，蟲的外殼和人類的骨頭大概沒有多區別吧……真的沒關係嗎？

「……只要不隨便刺激牠們的話，是沒關係啦。算啦，不用那麼害怕。畢竟牠們會是一起旅行的夥伴。」

你說「一起」？奧拉懷疑自己的耳朵，不過在她反問以前，老努卡已經開始移動了。

「好啦，我們也走吧。」

兩人就這樣開始跟那些溫馴（？）的旅伴一同前進。數十頭巨大生物緩慢大步行進的模樣還相當的莊嚴。只不過，從牠們連狹窄的樹木之間都能輕鬆穿過的樣子來看，或許只是體毛厚重，毛底下的身體並沒有那麼大。

當她還在觀察這些事情的時候，兩人已然快抵達森林的盡頭。而在樹林外這片開闊空間中展開的場景是──

「咦，這是……？」

「怎麼了，妳沒有見過啊？──這就是『海』。」

這是一片無邊無際廣闊無垠的大海洋，跟地上世界一樣有海浪，地勢較低的岩岸不斷受到海浪沖刷。她之所以沒有察覺到海潮的氣味，可能是因為西西卡巴的臭味讓鼻子麻痺的關係吧。

然而，比突然出現的海洋更引人注目的光景，正在她的背後展開。

「喔，很好很好，聚集的情況不錯。」

她跟隨這聲音轉頭一望，看到一大群老努卡從森林位於海岸線的邊緣中陸續出現。牠們的數量有幾百……不對，可能還不只幾千頭吧。恐怕散落在森林中的所有族群都齊聚在這片海岸上了。

不過，她在這時候有了一個疑問。

「這些孩子要去哪裡呢……？」

在老努卡大舉出動行進的前方，只有陡峭的岩岸和海洋。牠們畢竟不是來海邊洗澡的，到底是要去哪裡？

然而在她眼前展開的場面，就是原本以為「不是」的光景——聚成一團巨大族群的老努卡，竟然開始一頭接一頭從岩岸邊投海了。

「咦……!?」

如此具有衝擊性的行動，讓奧拉不由自主的衝到了懸崖邊。

然而，跟她恐怖的想像完全相反，這些老努卡在幾公尺下方的海上平安無事……只不過，牠們並不是在游泳，而是彷彿理所當然的在海面上行走。

如果只是漂浮在水面上也就算了，但牠們竟然用那麼巨大的身體在水面上行走，怎麼想都覺得不可能。這也是異界特有的極度奇妙現象嗎？

當她陷入混亂的時候，身旁的尤里笑了。

「妳瞧～仔細一點。看得見海中有什麼東西嗎？」

奧拉照著對方的建議瞇起眼睛。結果，她在這些老努卡所行走的海水正下方，看見了某種像是灰色網子的東西。

「那個是……『樹』……？」

沒錯，在海浪之間漂浮的，是棵上下顛倒的巨型大樹。它的樹根彼此緊緊交纏，在海水當中架起了一座橋樑。

「『海王樹』——雖然看起來像上下顛倒的樹，不過嚴格說起來並不是植物，而是一種跟珊瑚或水母一樣的浮游性刺胞動物。牠們是為了要捕食海面的浮游生物才會像這樣聚集起來的。尤其在這個食物豐富的季節，甚至可以聚集到在海上搭出一座橋的地步。」

尤里補了一句「順帶一提」之後，繼續他的話語：

「聽說這座島本身，就是由『海王樹』形成的喔。據說是『海王樹』的遺體上不斷有沉積物堆積，經過了好幾萬年以後的結果。原本這個界相可能是一個只有海的世界，這是一般性的看法。」

「不過嘛，也不知道真偽就是了。」尤里說這句話時，語氣似乎有些開心。

「那麼，我們也走吧。」

「咦……？你說走，該不會是……!?」

少年以惡作劇的表情笑著說。奧拉有種不祥的預感，於是皺起了眉頭。更遺憾的是，這預感成真了。

——尤里突然跳到從一旁經過的老努卡上面坐了下去。

「你、你在做什麼呢……!?」

「喂喂，這句話是我的台詞吧。你還呆呆在那邊做什麼，快點啦。」

尤里一說完就伸手過來，彷彿在表達「妳也上來吧」。

「快點，不然妳就要被丟下來嘍。」

「嗚嗚……」

事到如今反駁已經沒有用了，這一點已是公認的事實。奧拉看破了一切，乖乖聽話緊緊抓住了老努卡的腹部側面。

「牠、牠不會掙扎吧……？」

「沒問題的。我們對這些傢伙來說就跟在那邊飛的蟲子沒兩樣啦。」

就這樣，奧拉借用少年的手使力，像攀岩一樣在老努卡的身體上爬行。攀登生物身體對她來說當然是第一次的體驗，不過幸好這生物的體毛又長又有韌性，攀爬起來意外的輕鬆。於是奧拉做了幾分鐘的奮鬥，最後坐在了老努卡的背上。

「呼……呼……」

「辛苦啦。果然，妳其實很有才能呢。」

尤里一面出言安慰，一面伸手把水壺交給她，然後慢慢環顧四周，說：

「怎麼樣，風景不錯吧？」

奧拉跟著將視線移向周圍，一時說不出話。

大到跟小型民宅差不多的巨大生物，以數千頭為單位組成行列一同行進的光景，在她攀登的時候還沒有心思去注意，一旦像這樣靜下心來仔細觀看，的確很壯觀。想必只有在迷界才看得到這樣的景色吧。

正當她的目光就這麼被異界的光景吸引時，旁邊傳來了尤里的聲音。

「喂，差不多可以把嘴巴閉緊了。咬到舌頭事情就大條嘍。」

「差不多……？」

再次將視線轉回前方的奧拉，驚訝的將身子縮起來。不知何時懸崖已經近在眼前。她甚至還來不及慘叫，兩人所乘坐的老努卡就從岩岸邊投海了。

「──!?」

從崖上跳下去一剎那，出現短暫的無重力狀態，緊接著景色似乎急速震盪……在下個瞬間她受到落水的衝擊，接著又被規模盛大的水花淋濕，而老努卡則已經開始向前踏步了。

「……呼。好了，總之我們成功地上了軌道，就暫時交給這傢伙吧。」

「嗚……我差點以為會死……」

少年沒有理會心臟還在跳個不停的奧拉，悠閒的進入休息模式。

海上確實平靜，環顧之下似乎沒有看起來像障礙物的東西。蟲子也比在樹海的時候要少很多，就算飛過來這裡老努卡也會馬上吃掉牠們，應該是不用特別警戒了吧。

不過對現在的奧拉而言，其實有一個更根本的疑問。

「這個、會往哪裡去呢……？」

她指的是橫跨海上的奇異大樹橋。從它能夠承受如此龐大規模的生物族群都沒有一絲動搖來看，應該不用擔心損壞的問題，這點她是明白的。但是，這個橋到底跟哪裡相連呢？說穿了，如果不知道這個問題的答案，根本就悠閒不起來呀。

結果，尤里以一副彷彿在表達「我沒有說過嗎？」的裝傻表情這麼回答：

「是另一座離島。這個界相的蟲子呢，會按照季節移動到別的島嶼尋找可以當食糧的植物。這樣一來以這些蟲子為主食的老努卡也不得不追著牠們走，所以我們才能像這樣悠閒渡海。總之我們就是搭上牠們的便車，跟牠們在一起就不需要特別自己走路，還滿方便的。」

那座島上應該會有通往下一個界相的門吧。以同一個目的地為目標的這群老努卡就成了旅伴。

在迷界這個異境之地，與這群不可思議的巨大生物共同旅行。總覺得這似乎離現實太遠，讓人搞不懂狀況……可不知為何，她並不討厭這樣。

「……嘻嘻嘻，真奇怪。」

他們就這樣開始了一段漫步於海上的奇妙行進。

※※※※※

海上生活就這麼開幕了。

最先引發擔憂的事情，果然還是食糧問題。先前在樹海中是有許多可食用的果實和野草，不過這裡是嶄新的海上環境。雖說有許多很美味……的老努卡，但總不能真的說「跟你們借點肉吃」。這樣一來，如果從地上帶來的保久糧食都吃光的話，餓死似乎難以避免……。

然而，這個問題出乎意料的簡單解決了。

「好～肚子也餓了，差不多該找點吃的嘍。」

尤里在悠閒的如此低聲自語之後，忽然開始去割老努卡的毛。接著他似乎在巧妙的編織這些又長又有韌性的毛，才過了十幾分鐘就編成了釣線。然後他將甲蟲的鋏子削成魚鉤繫在線尾，並用短劍代替鉛錘綁在上面，就完成了簡易的釣具。至於魚餌，他當然是使用在海上飛翔的新鮮羽蟲。

而成果……則令人驚訝的豐碩。

他隨手把釣線一拋，肥美的魚兒就不斷過來上鉤。看來「海王樹」本身似乎就是魚類的棲息處，現在的狀態就是字面意義上的秒釣秒中。

只不過，現在還有另一個問題。

「這些魚，我們要怎麼料理呢……？」

不管老努卡有多麼遲鈍，總不能真的在牠背上生火吧。結果，尤里拿出一個用防水油紙包起來的罐頭，說：

「這個東西叫『黑灰石』，是一種性質跟石灰類似的迷界礦物。這東西還算方便啦。」

尤里一面說著，一面從罐子裡滿滿的黑石顆粒中夾了一粒出來。

「這個東西會跟水反應生熱，而且它的熱效率非常好，有句俗話說『有這一粒就免砍柴』。不過嘛，價格也因為這樣稍微有點貴啦。」

正如他所說，在他把一粒黑灰石加入裝滿海水的鍋中那一瞬間，水就開始沸騰了。只要將魚就這麼投入滾燙的水中，就能完成一道鹹度適中的水煮魚肉。

另外，透過調整水和黑灰石的比例，可以分別進行燒烤、清蒸、燉煮等多種料理方式，視情況甚至還可以製作成生魚片。除了魚以外，類似蝦子的甲殼類生物以及附著在『海王樹』上的海藻等食材也很豐富，看來飲食生活似乎可以過得相當充實。

反倒是天氣方面比較難搞定。在沒有任何遮蔽物的海上，他們會直接承受天候的影響。中午的時候為了避免日光直射要老努卡身上找陰影躲起來，夜晚則需要穿兩到三件上衣，尤其在下雨時更為麻煩。可以確保飲用水不虞匱乏這點是讓人很高興，但反過來說雨下太多也會讓他們有必要去警戒海上的大浪。為了不被海浪捲走，他們要把自己綁在老努卡身上，這樣的情況不止一、兩次。

自從踏上這段旅程以來，很快就過了一個禮拜。就在他們已然逐漸適應這趟奇妙的海上行腳時，某種變化發生了。

——在水平線的盡頭，隱約可以看到一座島的影子。

「快看，尤里！是島呀！」

奧拉的聲音不自覺的拔尖上揚。原本因一大堆蟲子而令人生厭的陸地，在她眼中已經在不自覺的時候逐漸轉變為懷念的地方了。

然而不知道為什麼，尤里看著前方的目的地，表情並沒有喜悅。

「嘖！……這次運氣不好嗎……」

尤里緊緊皺著眉頭。而且，也不光只有尤里的樣子不對勁，老努卡也開始發出叫聲並晃動身體，喧鬧不安。

「奧拉，妳下去。儘可能往群體正中央靠，躲在比較大隻的底下就好。」

尤里表情依然嚴肅，迅速作出指示。雖然這跟大浪襲來時的應對方式很相似，可現在的天氣是萬里無雲的晴朗天空。環顧前後左右任何一個方向，都沒有看起來像是威脅的事物。到底他在警戒什麼呢？

……然而，就在奧拉無意間將視線移向下方時，她終於察覺到異常。

「……這是、什麼……!?」

海面染上了一片漆黑——明明太陽還高掛在天上，整片海洋卻跟深夜一樣黝黑。
到底發生了什麼事？奧拉死命凝視海面，尋找這個怪異現象的原因。
就在這個時刻，發生了非常奇妙的事。
「咦……？」
她對上眼了。
簡單說狀況就只有這樣而已。就好比懸掛在夜空中的滿月一樣，在本應一片漆黑的海中出現了一顆眼睛，正回望著少女。
可是，好奇怪。並不是「海中不應該有眼珠」之類的奇怪，而是更單純、更簡單的奇怪感受……這顆漂游於海中的眼珠，就只是、未免——未免也、太大了。
大型帆船？巨大軍艦？不對，才沒有那麼小。就跟自己看到的那座遠方小島一樣大，可能還更大。這個沒有情感很像人造物的眼睛大到非常誇張，自己跟它比起來簡直就跟小模型玩具一樣，光這一顆眼珠的大小就足以讓一百頭老努卡都能夠待在上面。它看起來完全只能像是一幅畫壞的抽象圖畫，不然就是一張品味低劣的恐怖畫作……然而，這顆眼睛確實就在那裡，從黑暗深幽的海底，連眨都不眨的直盯著這邊看。
這時候，奧拉終於明白這片染遍海洋的黑暗之真面目。
——沒錯，這是魚的影子。那顆眼珠的主人……一個大到遠遠超過巨大的「某個東西」，正在自己腳底下游動。牠的全長不是幾百公尺，或者是幾千公尺等級的規模。那個影子大到讓老努卡看起來像跳蚤一樣，應該遠遠超過一百公里吧。

在察覺到這件事的那個瞬間，奧拉全身的毛髮都豎立了起來。彷彿身體的核心被掏空了一般，她無法使力，連手腳的感覺都消失了，這種狀況跟惡夢中的自己非常相似。如今的她所能感受到的，只有奇妙的現實感缺失和刺骨的寒冷而已。

「不、不逃不行……」

感覺腹部深處彷彿被完全掏空的奧拉，在恐懼之下不禁脫口而出。

然而，少年的回答是冷酷的。

「妳說逃，是要逃到哪裡？」

沒錯，這裡是什麼都沒有的大海，哪裡有逃生的地方呢。

就在奧拉說不出話來的時候，海面掀起了一陣爆炸一般的水花。同時，一根附帶吸盤的巨大觸手從海中衝天而起。

而在下一瞬間……一頭原本還在前方行走的老努卡，就失去了蹤影。

「……剛才真的好險。」

少年額冒冷汗並如此喃喃自語。在他的旁邊，陷入混亂的奧拉正心神不寧的來回張望四周。

忽然消失的老努卡，不知何時已經回到海中的觸手，還有少年的喃喃自語。不管願不願意，奧拉已經理解了一件事——老努卡被拖入了海中。就在短得連一瞬間都不到的那一剎那，速度快到以她的視覺根本無法捕捉。

「我話先說在前頭。這傢伙的名字是『《亞龍》．艾諾希蓋歐斯』——又名『貪食之海

溝』，對人類來說是無法對抗的天災。既不能討伐也無法逃避，如果要問可以做什麼……頂多就是祈禱吧。」

尤里以理所當然的語氣，淡淡述說著一件理所當然的事情。有些障礙，是人類不管再怎麼努力都無法超越的——這種道理就跟太陽是光亮的一樣自然，就算是奧拉也可以理解這一點。然而，能不能接受又是另外一回事了。

奧拉受到難以言喻的恐懼侵襲……等到她有所察覺的時候已經站著不動了。

「怎麼了？不要停，繼續前進。」

「不要……我辦不到……」

對方是海洋生物，只要抵達島嶼就安全了。就這麼站著不動反而不合理……可是，就算頭腦理解這一點，腳步卻怎麼樣都動彈不得。

直到前一刻還活著行動的老努卡，就在短短一瞬間沉沒於海中。理由只是因為「偶然在那裡」，連抵抗或逃跑的選項都不被允許擁有。這未免太沒有道理、未免太令人絕望，對奧拉而言這種事實在無法承受。

然而，尤里只是冷酷的重複指示。

「過來，別鬧了快走。」

「……不要，別管我。」

「前進，不要停。」

「辦不到啦。」

「奧拉！」

「……我都說──辦不到了呀!!!」

奧拉不自覺激動起來。她對這個一臉冷靜的要求自己繼續向死亡行進的少年越來越感到無比的憤怒。到底為什麼，這個少年能夠接受如此令人絕望的事？我們可是人類，跟昆蟲或野獸不一樣，我們有情感。那麼，如果我們不更狼狽不堪一些、不更害怕一點、不更大聲表達這種事太沒有道理的話，不是很奇怪嗎？

「別撒嬌了。就算耍任性也不會有人來拉妳一把。畢竟妳一旦成了目標，我也會受到牽連。當然反過來講也是一樣的。」

一切行動都是為了讓個體的生存機會最大化。不管是尤里特意跟著這群老努卡渡海，還是牠們乖乖的接納人類，打從一開始雙方目的都一樣──就是要增加誘餌數量，降低自己被獵食的機率。這趟旅程從一開始就不是一場友好的遠足活動，而是一趟以極度利己的生存戰略為基礎，以犧牲為前提成立的群體行動。這是通過這條海峽的唯一最佳方針。對於這個事實，僅有她一個人沒有查覺到而已。事到如今就算大聲叫嚷沒有道理，看起來也頗為滑稽。

但是，奧拉在理解這件事之後依然顫抖個不停。她純粹是因為害怕而恐慌。當然，死亡風險並不只存在於這個地方。她從很久以前就明白這一點。在迷界……不對，即使在地上，死亡也一直無所不在。

沒錯，正因為這樣她才做好死亡的覺悟，想必比其他任何人都早。可是……她不認為自己會選擇這樣的結局。

面對完全閉上雙眼閉口不言的奧拉，尤里無情的轉過身去。迷界沒有舒適到能容許放棄生存的人，畢竟這裡是只有真正想活下去的人才能贏得生命的地方。

然而，就在尤里拋下她踏步走出去的那個瞬間，他沒有回頭，卻如此低聲說著：

「……妳可以閉上眼睛，也可以站著不動。畢竟這是妳的生命，都隨妳高興。不過我只跟妳說一件事，就算妳這樣做，在迷界也不會改變什麼。如果妳想要改變什麼的話……就用自己的腳繼續走吧。」

少年只說了這些話就迅速走掉。被留下來的奧拉還是站著不動，閉著眼睛。

沒錯，打從一開始自己就沒有想過要改變什麼，所以這樣就好，這樣才是對的。奧拉極力勸說自己，閉上眼睛，單純隨波逐流。她相信，這就是唯一能夠逃離這個恐懼感的方法。

可是，不知道為什麼，在她應該已經封閉的心靈某個角落，忽然萌生一股念頭。如果真的在這種沒有道理的情況下死去……那不就跟在地上的時候一樣嗎？

奧拉的腳，再度開始前進。但這並不是邁向光明的未來，更應該說，這只是地獄之路的開端。

聽得到水花濺起的聲音，看得見緩緩伸長的影子，她可以感受到強烈的衝擊力道以及……傳遍海面的死前慘叫。

在那之後又不知道經過了多少小時，在似乎已經凍結的時間裡，一頭又一頭的老努卡被拖入水底，失去蹤影。

曾經一路乘坐到昨天為止的個體、特別跟人類親近的個體、剛出生還不太會行走的個體……牠們的生命都被冷酷的死神鐮刀無差別收割，僅剩的只有浮到海面上的泡沫而已。即使如此，老努卡們依然靜靜的行走。牠們本能上知道，一旦在恐懼驅使之下離開群體，只會增加自己的死亡率；因此要接受命運，專注行走。這就是在這個環境中的最佳生存戰略。

然而，這對奧拉來說是難以承受的痛苦。每隔幾分鐘就會重演一次毫無慈悲的捕食事件，每一次撐過這般困境獲取短暫的生命，緊接著又要往下一次死亡邁進；感覺上就像一個走向斷頭台的死刑犯，不斷反覆體驗自己的最後下場。

這趟可怕的死亡行進，每一秒感覺上都像一小時一樣漫長。她懷著瀕臨瘋狂的恐懼，一心一意的為自己送葬。在一開始的時候，她期望自己能習慣這樣的恐懼，不過這個願望並未實現。相反的，恐懼隨著時間不斷增長。所以，她轉為祈求自己乾脆瘋掉算了。但這個祈願並未實現。頭腦奇妙的保持在清醒狀態，可怕的記憶一直在甦醒，心中傳出了直抵內核的冰凍聲響。說不定，她早就已經被那根觸手抓住，現在就在昏暗的海底，只是自己還沒有察覺到這件事而已。

在她就這麼快要連光明都感受不到的時候——少年突然出聲說話了。

「——妳、很努力了。」

「咦……？」

她不自覺將視線移向上方。

少年就在眼前用溫柔的眼神看著自己。

「妳幹嘛露出這種表情？高興一點如何？難得妳活下來了啊。」

少年說完這句話，伸手指向下方。奧拉跟著將視線向下移去，發現那個巨大的影子已經在不知道什麼時候消失了。

啊啊，結束了嗎……在奧拉如此心想的這個瞬間，她的力氣迅速地全面消失。

「哎呀！……喂喂，妳振作點啊。」

奧拉差點當場癱倒，被少年一把抱住。儘管她道歉並試圖起身站穩，可是腳卻不停顫抖不聽使喚，講話也結結巴巴不成聲調。

看到少女這個模樣，尤里「唉」了一聲，深深嘆了口氣。

「真拿妳沒辦法……只有這一次啊。」

尤里就這麼出乎意料的將奧拉背了起來。

「咦！等、等一下……！」

「別鬧了，安靜點。會咬到舌頭的喔。」

到了這個年紀還讓人家背，讓奧拉害羞到不停扭動身體。不過不知道為什麼，她完全使不上力。少年貼心的體溫、明確的背部觸感，將她的抵抗意志徹底奪去。已經完全無力去做任何事了……奧拉放棄抵抗，將身體交託給少年。

「馬上就要上島了。好了，走嘍。」

奧拉就這麼隨著少年的纖細後背一同搖晃，少女的意識也逐漸陷入朦朧。

※※※※※

原本在混濁的水中懸浮的意識，突然像氣泡一樣浮上水面。

在這個瞬間，奧拉的全身為如同烈火般的焦躁感所侵襲。

——不逃不行，要快逃，逃遠點，逃到不是這裡的某個地方去。不然的話，那根觸手會來。那條如同惡夢一般，會試圖把人拖到冷冽海底的死亡鎖鏈——

「——唷，妳醒啦？」

一陣明亮的聲音響起，似乎將她的這份焦慮感吹散了。

「咦，奇怪……？尤……里……？」

「哈哈！妳睡醒的樣子比之前好很多了耶。」

她抬頭一望，眼前是尤里一如平常的身影。他正悠閒地攪拌著營火上的鍋子。她的四周為茂密的樹木所圍繞，天色完全是夜晚的模樣。

這麼說來，記得自己第一次來到迷界的那一天，醒來的時候他也在身邊。不知道為什麼，奧拉回想起這樣的事。那時候自己因為「迷界瘋」幾乎失去理智……可是論心情現在其實是悲慘很多。

他們實際走過艾諾希蓋歐斯海峽的時間，差不多是十二個小時左右。以地上的時間來說不過就是半天。然而那段應該很短暫的時間，感覺起來卻像過了一個月以上。那段路程就是那樣的恐怖。可能是因為當時全身都緊張到最高點的關係吧，疲勞纏身的她依然覺得整個身體都很倦怠。

「哈哈，妳的臉色好難看啊。總之先吃點東西吧？」

尤里漫不在乎的笑著說，但奧拉無法理解這樣的思考模式。

明明才剛脫離死地不久，為什麼他還笑得出來呢。沒錯，那些被海吞噬的老努卡，跟就這麼倖存下來的他們，兩者並沒有什麼不一樣。頂多只有運氣好不好的差別而已。

她一直認為，在迷界生存應是要更加的、正當一些——像是竭盡運用智慧與勇氣，賭上生命以一己之力開闢道路之類的。可是，其實不是那樣的。不管妳怎麼磨鍊，也不管妳怎麼學習，結果還是不能跟那種東西對抗。面對強大的力量，一切生命都只是一視同仁的被吃乾抹淨，連一戰的可能性都沒有。

想到這裡，她覺得一切都沒有意義。既然是無能為力的命運，那麼打從一開始什麼都不做可能還爽快得多。至少要比這種悲慘的狀況要好一點吧。

沒錯，如果今後還要去害怕不合理的死亡，乾脆就這樣什麼都不吃——

「呵、呵呵……啊哈哈哈哈哈——!!」

就在這個時候，尤里突然大笑出聲，並說：

「哎呀，抱歉抱歉，不知道為什麼我回想起自己第一次來這裡時候的事了。」

尤里一面忍著笑意，一面繼續悠閒的攪拌著鍋內。從那平靜的表情看來，他似乎就當作是聽到了一段無聊的笑話。

完全不明白我的心情——奧拉忍不住怒火上升。

「你……你為什麼要笑!?」

奧拉就這麼將她翻湧而上的激烈情緒脫口而出。其實這單純只是在遷怒，這一點自己最清楚。不過即使這樣還是忍不住。

「哈哈哈，所以我已經說抱歉了嘛。」

尤里在安撫奧拉的同時，依然繼續愉快的微笑。

「其實我並不是在笑妳，我反而很佩服妳。妳真的很堅強。其實我呢，一渡完海就連話都講不出來了，一個人不敢上廁所，被師父狠狠罵了一頓呢。」

尤里瞇起了眼睛懷念往事。

「不過，師父在那之後弄給我吃的飯真的很美味……來，妳也來一碗怎麼樣？」

少年才說到一半就直接打住，把鍋裡已經沸騰的食物舀進碗中遞給她。當然，奧拉不會被這種舉動糊弄過去。這種時候還在聊食物，他是在想什麼呢？直到剛才自己都還處在快被吃掉的情境下，根本不可能有食慾。

「我不要。」

「不要這樣說嘛。」

「我就說不要了。」

「很好吃哦？」

「就說了，我不要──」

「──別再說了，給妳。」

尤里硬是把碗推到奧拉面前。奧拉差點想把它扔掉以發洩自己的怒火。然而在她將手伸到碗旁邊的那一瞬間，又停住了動作。

這碗盛到全滿的粥，正不斷冒著熱騰騰的蒸氣並散發刺激食慾的香味。

奧拉的肚子不爭氣地咕咕叫了。

「……嗚！」

「哈哈哈，妳看？……好啦，一口就好，吃吃看。」

面對滿臉通紅的奧拉，尤里溫柔的鼓勵她。

總覺得自己像是被他玩弄在股掌之間，這讓奧拉感到不悅，但她無法違背咕咕叫的肚子。奧拉舀起一匙濃稠的粥，慢慢送到嘴邊。就在此刻，一股難以用言語形容的美味在舌頭上擴散開來。

煮成粥狀的米飯甜味，跟白色湯頭散發出來的香氣相當搭配。他放進鍋內當配料的食材，有事先切碎以方便食用的肉乾、作為香料灑落於米粥當中的蔥花、略帶甜味的枸杞子，以及一小撮烘焙芝麻。他沒有特別進行調味，光靠魚乾片所熬成的白色湯頭以及肉乾所含的鹽分就足夠了。每樣食材的味道一點一滴的滲入粥中，完美營造出一種和諧的美味。這種樸實卻有層次的味道，讓她無法停下手中的湯匙。這道精心熬煮的米粥每吃一口，原本空虛的胃也逐漸變得既溫暖又滿足。

而在這位少女身旁的尤里，則用另一個碗敲碎了兩顆野鳥的蛋，接著以熟練的手法將打散的蛋汁沿著筷子慢慢傾入鍋中。瞬間，金黃色的蛋在原本濃稠的粥中飄飄起舞，在粥的熱氣作用下不斷晃動，沒過多久就形成了輕柔的半熟蛋花。蛋黃和蛋白的美麗對比，為整鍋粥增添了華麗的色彩。尤里把這蛋花舀入碗中，一言不發的將碗交給奧拉。奧拉連道謝的餘裕都沒有就直接送進嘴裡，蛋的溫和風味和柔軟觸感在口腔擴散。沒想到一個蛋就能讓味道有這麼大的變化。等到奧拉有所察覺時，她已經渾然忘我的將米粥扒進肚子裡好一會了。她那神態，簡直就跟一個肚子空空如也的小孩狂嗑人生第一次吃到的牛排一樣。

這是一鍋隨手可得的米粥，連豪華的料理名稱都沒有——為什麼會如此美味呢？就這樣，等到奧拉回過神來，已經是她把第五碗喝得乾乾淨淨之後的事了。

「怎麼樣，滿意了嗎？」

尤里接過空碗，同時安詳的微笑著。

「嗯，嗯……」

奧拉曖昧的點了點頭，但她不敢直視少年的眼睛。

自己在大吼大叫成那樣以後，想不到還展現出毫無教養的食慾。讓她害羞得臉都快要冒出火來了。

尤里不知道有沒有察覺到她的內心活動，他只是滿意的點點頭，說：

「那就好。看妳吃得那麼津津有味，也不枉費我煮這一鍋粥了。」

尤里這麼說完，就把一杯飯後茶交給奧拉。

然而，奧拉想把茶接過來，卻不知道為什麼讓杯子掉下去了。

「奇、奇怪……？」

奧拉試著要把掉在地上的杯子撿起來。可是，她怎麼樣都沒辦法拿起來，每次要抓住把手的時候，杯子就又從指尖滑落下去。

奧拉這時才終於察覺到，自己的手不知道為什麼一直在抖……不對，不光只有手而已，她的全身都在不停的顫抖。

「為什麼，會這樣……!?」

奧拉死命壓住自己的手，但她對洶湧而來的顫抖無能為力。以往她透過封閉內心全面封鎖的恐懼感，如今已經大量奔湧而出。

「為什麼……！」

不受控制的肉體讓奧拉緊咬嘴唇。為了發洩這股焦躁，明知這樣做沒用，她還是用指甲使勁掐住了自己的手腕。

尤里走到這位少女身邊，輕輕的把自己的外套披在她身上。

「抱歉，我做了件像是在試探妳的事……因為妳看起來，就快不行了。」

少年過意不去表達歉意，不過奧拉搖了搖頭，說：

「不是的，錯的人是我……這樣一來我就沒資格冒險了吧？明明自己都說，已經做好了覺悟，可是一旦真正面對的時候卻怕到連走路都不敢，反而像這樣貪吃，只顧著活下去……我真的、太傻了……」

少女在如此低語自嘲的同時，也緊咬著嘴唇。大言不慚嚷著要救朋友，卻只是用嘴巴講覺悟，而且還淺薄到如此固執於苟活……這未免也太不像樣了，在這之前，她從未覺得自己這麼丟臉過。

不過，尤里似乎不這麼想。

「沒喔，妳一點也不會沒資格，我反倒安心了。」

「咦……？」

「雖然妳好像誤會了，不過說到底根本就不需要什麼死亡的覺悟。話說，我自己都辦不到。反正到了要死的時候就會死，跟有沒有覺悟無關。」

說到這裡，少年爽朗的笑了，繼續開口：

「所以……真正有必要的，是『死前求生的覺悟』。而妳在那種狀況下，選擇了走出去。選擇了活下去。這已經夠了不起了好嗎？」

儘管尤里如此誇獎她，但她並不這麼想。

「才沒有這種事。我只是沒有什麼選項……」

沒錯，她總是隨波逐流。這就是她唯一知道的生存手段。所以這次她同樣還是那麼做。沒有什麼好稱讚的。

尤里凝視著這位少女……突然拋出一個沒頭沒腦的問題。

「我說，妳知道人類和其他動物的區別嗎？」

這句話實在太唐突，聽起來像是某種謎語。當奧拉一直無法作答的時候，少年露出了笑容，說：

「是智慧？是語言？是會用火？……不，這些都不對。其實人類，是世界上唯一能夠憑藉自己的意志自殺的動物。所以——」

尤里繼續說：

「就算妳自己不這麼認為，妳還是用自己的意志選擇活下去啦。」

少年信心滿滿的如此斷言。雖然這可能是他個人的安慰方式……不過在奧拉內心所萌發的情緒，是「憤怒」。

——啊啊，竟然會有這麼擅作主張的理論啊。他明明不知道我的內心在想什麼還這麼說。不對，也不只有他這樣，畢竟在這個世界上任何人都不可能探知他人的內心。沒錯，他太擅作主張了。擅自評斷、擅自安慰、擅自要我保持希望。明明我就是沒有那樣的價值，這讓我異常的氣惱……等到自己有所察覺時，已經氣昏了頭，連回嘴的心情都沒有了。

所以……少女只問了一個問題來代替反駁。

「……我說，你認為、人類是脆弱的生物嗎？」

他曾說過，人類是世界上唯一會企圖自殺的生物。這樣的話，不就等於人類是世界上最脆弱的生物了嗎？

而少年的回答……是非常曖昧的。

「這個嘛，不好說呢。迷界裡有各種不同種類的生物，牠們也有各種不同層面的強度，要用一句話來概括是不可能的。」

少年聳了聳肩，說了一句「不過……」之後繼續補充道：

「有一點可以確定的是，我最喜歡人類這種動物。」

說完這句話，少年露出了略帶羞澀的笑容，並說：

「好了，無聊的事情講太多，差不多可以結束了。」

尤里說完就拍了拍手，把剛泡好的紅茶注入杯中。而在把杯子遞給奧拉以前，他還夾了一小片葉子加在茶裡面。

「催眠草……這是一種有催眠作用的草藥。據說喝了這個可以做一個好夢。不過嘛，也不知道是真還是假就是了……反正不論如何，再睡一覺會更好。」

奧拉慢慢的把紅茶喝完，依照建議把自己裹進毛毯裡面，就這麼閉上眼睛，柔和的睡意包圍全身。

今天是一個太過刺激的日子。在黎明時刻以前，她應該有權利得到一段短暫的安寧吧。

然而在少女即將入睡的時候，她的唇邊輕聲流露出這樣的話語：

「……你知道嗎，總覺得很奇怪。自從到這裡來以後，我好像不是我了……會為了一些無聊的事情心痛……這樣子，很奇怪吧……」

明明一切都應該是無所謂才對，可是在這個異界，不知道為什麼內心老是在動搖。哭泣、微笑、害怕、吃飯，全部的事情自己都可以弄到非常誇大。這不是很奇怪嗎？

對少女略帶自嘲氣息的疑惑，尤里溫柔地否定：

「妳在說什麼啊，這代表妳是『活著』的啊。」

尤里就這麼伸手輕放在少女的頭上。

「好啦，別想太多趕快睡。沒問題，妳沒什麼好擔心的。至少今天晚上，我絕對會保護妳的。」

在充滿死亡氣息的迷界裡，並不存在「絕對的安全」。少年應該比任何人都明白這一點。然而就算這樣，奧拉還是對這句明顯的謊言感到高興。

少年的手動作生硬地撫摸著奧拉的頭髮，就像是在安撫一個幼童一樣。奧拉感受著那手掌意外柔軟的觸感，靜靜的沉入夢鄉。

第三章 ——在白色的世界中——

之後，兩人的旅程繼續進行。

他們穿過食人植物的森林，橫越遍布流沙的沙漠，又直接通過大量猛獸聚集的山谷，一心一意以前方為目標前進。不管是哪一個界相都充斥著遠超過奧拉預期的驚奇景象，跟在少年身後就已經讓奧拉竭盡全力。不過，存在於異界的並不是只有極端嚴酷的事物。

有時候他們會品嘗異界的山珍海味，有時候他們會在和平的泉水中沐浴。他們會遠望七彩的花田，也會跟不怕人的奇妙生物遊玩。

地上存在許多迷界的故事，這些故事以各種方式講述異界的本質，像是死亡蔓延的魔境、充滿財富的寶庫、沉睡著神祕的搖籃……然而在實際踏上這片土地之後，她知道這些故事都是對的、也都是錯的。是的，這些在地上流傳的故事，就算全部彙整起來也沒有描述到這片廣大異界的百分之一。

就這樣，兩人穿過了下一道門。

他們所抵達的地方……是到目前為止最美麗的界相。

「哇啊，好棒……！」

這道門在一座小山丘上開啟。在奧拉從門向外踏出一步的瞬間，她不由自主的倒抽了一口氣。

眼下是茂密的翠綠樹木，萬里無雲的清澈天空，還有此處最值得一提的景色……寬廣到無邊無際的巨大湖泊。在蔚藍透明的湖面上，色彩繽紛的水鳥正在棲息；在陽光的照耀下，湖面反射出翡翠一般的粼粼波光。從奧拉他們所在的山丘上望過去，這片湖泊大到看不見盡頭。如果不知道實際大小的話，可能會把它誤認為是海洋吧。

「納爾基斯湖──是這個『尼爾西卡系．斯皮諾索．第4界相』，別名『希萊尼亞』的象徵，也是現在人們於迷界中所觀測到的最大湖泊。」

少年如此說道，站在他身旁的奧拉則說不出話來。這片湖泊就是如此美麗。不過，她立刻就重新振作精神。

美麗的玫瑰有刺──越漂亮的花朵越有可能隱藏危險的毒性，這是她到目前為止已經在旅途中實際體驗到不想再經歷的事。因此，這個乍看之下像綠洲的界相，想必也潛藏著非常不得了的災厄。

……雖然，她是這麼想……

「呼～終於來到這裡了啊～哎呀～這裡不管什麼時候看都很美麗啊～」

不過尤里卻用散漫的語氣這麼說。奧拉不停眨眼表達疑惑。

「你、你這麼放鬆沒問題嗎……？」

「啊啊，因為這一帶沒有比人類更大的獵食者了。應該不會有人會害怕在附近的公園散步吧？」

「可、可是，像是毒蟲、或是毒草什麼的……」

「哈哈哈，就說沒問題啦。妳真的很容易擔心呢。」

奧拉不悅的嘟起嘴唇。她就是不想被這個少年這麼說。

「重點是，我們快點走吧。都到『希萊尼亞』來了，卻光呆站在這裡，實在太可惜了。」

兩人就這麼走下山丘前往湖泊。在近距離看到的這片「納爾基斯湖」，比從山丘上俯瞰的時候要更美麗得多。

湖畔是美麗的沙岸，湖面波濤音色悅耳，在清澈到可見湖底的水中，可愛的小魚正悠閒自在地游動……這是奧拉生平第一次見到如此美麗的湖泊。

正當她的目光就這麼被吸引了好一陣子之後，少年似乎想到了某件事並提出建議：

「對了，畢竟機會難得，妳就去泡個澡怎麼樣？」

「咦？可是不趕快走，奈莉亞會……！」

「我知道。不過有一點小狀況，還不能前進到下一道門。在等待的期間休息一下，也是冒險的一部分喔。因為我有一點事情要做，所以妳就慢慢享受順便當作是打發時間吧。有事就大聲叫我。不過嘛，在這個界相也不需要那麼擔心就是了。」

少年留下這句話，就再度走進森林裡頭去。到目前為止他絕對不會讓她獨自一人，看來這裡真的是一個相對安全一點的界相。

於是，很久沒有獨處的奧拉，輕輕脫了鞋子，略顯遲疑的將腳尖浸入湖面，在陽光照射下有些暖和的湖水溫柔相迎，而湖底柔軟的沙子感覺起來頗為舒適……少年說得沒錯，來這裡不享受就真的虧大了。

奧拉褪下衣物，將它們折疊起來並置放在附近的岩石上。接著將自己的身體以原生的姿態奉獻給這片大湖。

柔和的太陽光線、甜美的樹木馨香、搔到癢處的湖水觸感……啊啊，怎麼會這麼舒服呀。在危機四伏的迷界中，讓身心無時無刻常在緊繃狀態是理所當然的。不過，就只有現在可以不用去管任何事，讓肩膀好好放鬆。奧拉充分享受很久沒有過的解放感，同時開始用自己帶來的肥皂清洗身體。

從腳指頭洗到大腿，從腰部一帶洗到胸部，然後仔細清潔自己的臉、緊接著又細心的洗濯長髮，慢慢的、溫柔的、花時間清洗。雖然先前也有沐浴的機會，不過每一次都只能利用雨水或小泉水，大多時候都只是以單純去除身上的汙垢為目的而已。說不定自己從地上出發以來，可能還是第一次像這樣悠閒的享受沐浴之樂。她感覺旅途的疲倦也隨著汙垢一起消溶於湖中。

就在這個時候。

她感覺到腰部有一點刺刺的觸感，仔細一看，有一群像小型海豚一樣的魚兒聚集而來，看樣子牠們似乎對奧拉非常感興趣，用可愛的小嘴巴輕輕的啄著她。奧拉一移動牠們就會慌忙散開，不久之後又會聚集過來。牠們既可愛又很會搔人癢處的模樣，讓奧拉不由自主地笑出聲來。

「呀！嘻嘻、等一下、啊哈哈哈!!」

就在這個瞬間——

「——喂，妳怎麼了!?出了什麼事!?」

少年非常慌張的跑來了，看樣子他似乎把剛才的笑聲誤以為是慘叫。如果只是這樣的話還可以僅僅當作是一件好笑的事情就算了……不過現在真的是出狀況了。

也就是說，在尤里突然跑來的時候，突然映入他眼簾的是奧拉一絲不掛的裸體。

「「啊……」」

一瞬間，兩人同時僵住了。

腰部以下浸在美麗湖中的裸體美少女……這個感覺上甚至只會在幻想中出現的光景，讓少年不由自主的僵住不動。奧拉也因為這個突發狀況動彈不得。他們就這麼互相呆望了幾秒鐘……

「抱、抱歉！我沒有那個意思……！」

「不、不會、我、我沒有、事……」

兩人同時向後轉身，少年以逃走的姿態一溜煙跑進森林深處。

（嚇、嚇我一跳……）

少年離去以後，奧拉緊緊抱著自己胸口，噗通噗通的心跳聲還沒有平息下來。

——總覺得有點怪。少女感受著臉頰上的熱度，內心如此想著。

這並不是她的裸體第一次被看見。在第一次見面的時候，她甚至打算獻出自己的身體；而且在「穴倉」中，自己半裸的身子也被看過了。可是，那時候的她並沒有動搖成現在這個樣子。不知道為什麼，現在她的臉頰熱得如同火燙一般。她差點就要去思考臉會熱成這樣的理由，不過很快就打住。

這一定也是因為異界的空氣害的。嗯，沒錯，一定是這樣，真的很困擾……不過，算了，倒也不討厭就是了。

少女用她那已經發熱的頭腦如此想著。

總而言之，奧拉洗澡結束，以清爽的心情回到岸邊，接著重新穿上衣服，然後來回張望四周。

「請問……尤里……？你在哪裡……？」

她以猶疑的神色叫著對方的名字，很快就傳來這樣的回應聲：「嘿～在這邊在這邊！」，看來對方手上還有事情沒辦法脫身。她循著聲音來源走過去，看到少年在附近的岸邊挖掘洞穴，正好挖到一半。

「啊，尤里……」

奧拉本來打算對著少年的背後出聲說話，可她突然停下腳步站住不動……剛才洗澡時所發生的事情在她的腦海閃過。在這一瞬間，那股莫名其妙的燥熱再次翻湧而出。臉頰熱烘烘的，胸口則像是堵住一般有些難受。她無可自抑的去關注一些瑣碎小事，像是髮型會不會很奇怪，臉上的表情會不會很詭異。不過。奧拉很快就猛力搖頭。

不對不對，我在意識什麼東西呀？那只是一點小意外。一直在意那件事才是最奇怪的。我得要跟平常一樣才行。

奧拉如此勸說自己後，強作鎮靜從樹林中走出來。

「尤、尤里，我、我洗完了！」

「哦，是嗎。剛好我這邊也快完成了。」

正在用折疊鏟子不停挖洞的尤里，依舊背對著奧拉如此回答，他的聲音跟平時沒什麼不同，簡直就像是已經把剛才發生的事情完全忘掉了一樣……想到這裡，奧拉有些惱怒。這樣的話，一直在意識某些事的自己不就像傻瓜一樣嗎。

既然這樣，就算要耍點心機，奧拉也要讓他回想起來。

「對了尤里，你剛才在湖邊看到了嗎？有小魚在游泳哦。」

「嗯～是那樣的嗎？」

「那、那麼藍色的水鳥呢？你看到了嗎？你看到了對不對？」

「喔～那怎麼了嗎？」

「唔唔唔……那麼花呢！在岸邊開的那些花！你絕對看到了對吧！你全都看到了對吧!?」

「啊～好像有看到又好像沒有看到耶……」

對於奧拉費盡心機試圖將話題帶到剛才那件事情上的攻勢，尤里以曖昧的語氣躲避回應。他別說回話了，甚至完全沒有回頭看她。越來越生氣的奧拉嘟起嘴唇……然而，奧拉在這時候也察覺到，這個背對著她的少年，耳朵正微微泛紅。

這該不會是……？

「尤里，你能看我這邊嗎？」

「咦……怎、怎麼突然說這個。」

「沒關係，快點看就是了。」

「唔……」

在奧拉不容反駁的命令下，尤里心不甘情不願的轉過身來。雖然他看了奧拉一下下……但也迅速尷尬的讓目光四處游移。

「啊～這個，怎麼說……剛才的事情……很抱歉……」

尤里搔了搔他那微紅的臉頰，小聲道歉。其實他根本就沒有忘掉，看起來似乎是在極力轉移話題的同時，也在尋找機會道歉吧。

看到他這副模樣，奧拉的臉頰綻放出燦爛的笑容。

「妳、妳那表情是怎樣啦……」

「嘻嘻，沒什麼，沒有怎麼樣哦……呵呵呵呵。」

奧拉感覺自己獲勝了。

「話說回來，這個洞……是什麼呢？」

「啊啊，我做了一點準備工作。妳看，這樣就算完成了。」

尤里鬆了一口氣，應該是因為話題轉變讓他放心了吧。他接著把一些小顆粒扔進挖好的洞裡，隨後迅速開始回填。

雖然只有瞄到一眼，不過剛才那些顆粒很像植物的種子……？

「再來就是期待成果了。」

看樣子他似乎還想保留一點神祕感。尤里就這麼迅速完成回填工作後，先是說了一句「重要的是」，接著把鏟子收起來以後繼續開口。

「差不多可以吃飯了。剛才偶然抓到了好料。」

在少年伸手所指的樹枝上面，掛著一隻毛茸茸很像兔子的小動物。牠那圓滾滾又肥美的樣子看起來真的很可口。正巧也到了午餐時間，她沒有任何理由拒絕。

「那我也來幫忙！」

「這樣啊，那麼我們一起來吧！」

於是他們立刻開始進行料理。

雖然話是這麼說，不過這回幾乎不用做什麼調理工作。只要放血跟處理內臟之後把毛拔光，再將一整塊肥美的大腿肉擺在營火上面烤。烤的時候輕輕撒一點鹽，然後讓營火直接對著肉烤個幾分鐘。滴在營火上的脂肪發出滋滋聲響，同時飄散出很難用言語具體形容的芳香。當肉上出現了淡褐色的焦痕之後，只要再撒一點鹽就可以吃了。皮薄脆、肉多汁，一口咬下，熱騰騰的肉汁立刻在口中四溢。融化於舌尖上的脂肪和濃郁的肉味，正是絕對道地的野生風味；不僅滿足了胃，更滿足了本能，是最棒的野外食糧。

當他們就這麼渾然忘我的把大腿肉啃乾淨後，就把隨手切成塊狀的肩膀肉跟同樣在這個界相採集到的菜葉與堅果一起炒成一道蔡。雖然在市面上是脆脆的炒蔬菜比較受歡迎，不過尤里流派的料理方式是刻意把蔬菜炒到軟爛。濃郁的肉脂與甘甜的堅果油……蔬菜在吸收這兩種油脂後閃閃發亮，每一口都蘊含極緻的鮮味。再搭配酥炸堅果的香氣以及去除多餘脂肪的柔軟肩肉，這道菜的風味和口感簡直就是極品。對於一直以來只能吃清淡行動食糧的兩人來說，這點油膩反而大大歡迎。

而最後一道菜，則是用兔骨頭熬煮的湯。雖然聽起來很費工，不過這道湯品調理起來相對簡單，僅僅使用幾乎沒有腥味的脊髓部分，並跟幾種香味蔬菜一起慢慢燉煮，讓營養和鮮味慢慢滲入湯中。湯面上零星浮現的金黃色油脂，是舒爽濃郁的美味象徵。在這樣的頂級湯底中，他們投入了以柔軟的葉菜和碎肉捏製而成的肉丸。而捏製這些肉丸的人，就是奧拉，雖然是第一次嘗試，不過她在尤里的指導下拚命努力捏製肉丸。儘管形狀多少有些不規則，卻反而為口感增添了多樣性，所以結果還算不錯。這道半透明的肉丸湯完全沒有前兩道菜的油膩感，只讓肉所具有的純粹鮮味成分溶解於湯中。這種無雜質且清澈透明的味道，讓這湯品成為一道跟即使與高級料理店的餐點相比也毫不遜色的佳餚。

——在他們就這麼吃完了豐盛的一餐之後。

「呼，吃飽了吃飽了～！」

尤里撫摸肚子，同時心情愉快的說道。吃一頓填滿肚子的餐點本身就是一種幸福。尤其在迷界裡更是如此。

只不過，奧拉雖然也感受著相同的幸福感，但她還是懷有一絲焦慮。

「請問，真的沒有問題嗎……？」

「嗯？什麼沒有問題？」

「我們悠閒成這樣……」

在先前的旅途中，他們一直為了要追上奈莉亞而加緊趕路。不過，今天他們幾乎沒能夠離開最初的地點。雖然她這個已經完全玩瘋了的人在提問的時候是會有些顧忌，但她還是會焦急。

然而，尤里似乎不當一回事的笑著說道：

「哈哈哈，用不著這麼緊張啦。我說過了吧，我們暫時沒辦法從這裡繼續前進。不用急，我已經把這段時間算進去了。重要的是，妳只要考慮讓身體休息的事情就好。等到我們追到妳朋友的時候，如果妳先累壞了，我可就傻眼到不行嘍？」

「好、好的……」

正如他所說，第二天以後他們還是沒有長距離移動。兩人轉而以一處住起來方便的洞穴為據點，進行食物的獲取工作。

雖然話是這麼說，其實這項工作……並不需要揮舞長矛在山野間四處奔跑。

「妳聽好，狩獵只是獲取熱量的方式。如果為了這個目的而四處奔跑導致消耗熱量就本末倒置了。既然這樣，就只有一個選項——設置陷阱。」

尤里在奧拉沒有詢問的情況下滔滔不絕的進行解說，並利用樹枝和藤蔓接連製作各種陷阱：以鳥類為目標的霧網、用來捕獲小型草食獸類的捕獸夾，以及廣設在河底的大量捕魚陷阱。在等待獵物上鉤的這段時間裡，他們四處採集山菜與樹上的果實。當然，狩獵和採集是他們平常就會從事的活動，不過都只是在旅行時順便做的事，這是他們第一次如此認真的獲取食物。

而這一次的成果遠超過奧拉的想像。

陷阱設置之後僅僅過了半天，就抓到了七隻野鳥、四頭野獸，河魚多達二十幾條；山菜類食材則採到差點沒辦法用雙手抱回去。看來這裡是一個非常豐饒的界相。在吃飽喝足之後剩餘下來的食材，就被加工成肉乾或燻肉等保久食糧。跟先前的旅程比起來，這裡真正就是極樂世界。

而在他們來到「希萊尼亞」之後的第四天黃昏時分，奧拉目擊了少年的奇妙行為：他正忙碌的在洞穴據點周圍建造圍欄。他把砍下來的木材插入地面豎立成木欄，還利用葉子、樹皮、甚至獸皮來作為這些木欄的遮蔽物，簡直就像在打造一座堅固的要塞。當奧拉問少年在做什麼的時候，他說：「這玩意是用來防備的，因為今晚可能會來」。

「什麼東西會來？」雖然她很好奇，但不論幸或不幸，這個答案很快就會揭曉了。

——……

——……

當天夜晚。

原本昏昏欲睡的奧拉，因突然感到寒冷而驚醒。明明這個界相溫暖到足以只穿短袖外出行走，這麼冷真的很罕見。就在她邊想這些事邊把一件毛皮裹在身上的時候，外面開始慢慢聽得到風的呼嘯聲。這陣風越來越猛烈，一下子就轉為暴風，再加上大雨助陣，氣溫也越來越低。僅僅就這麼過了一個小時，雨滴就冷到形成小冰雹了。

沒錯，這場異常兇猛的暴風雪，正在襲擊「希萊尼亞」。

「這天氣叫『削肉寒風』……是這個界相宣告冬天的風暴。」

同樣醒過來的尤里，在洞穴裡生起營火並這麼說。

假設他們走出外面一步，大概就會立刻凍死了。奧拉這才理解圍欄的意義，那些木欄是為了保護洞穴免受這場暴風雪肆虐。

這場可怕的暴風雪又持續了三天三夜。被完全困在洞穴的兩人只能吃事先儲藏的食物，一心一意的持續忍耐。

他們就這樣撐到第四天的早晨，暴風雪在突然之間停止了。

當奧拉從洞穴內部爬到久未前來的洞口時，在她眼前展開的是……一片耀眼的銀色世界。

「真的……好美麗……！」

岩石、森林、河川，甚至連遠處可見的遙遠山脈，全都覆蓋在一片純白的雪底下。

一切事物都化上純白妝容的景象，既顯得有些寂寥，又美到無與倫比，正是別有天地的風貌。

「很好，這樣子我們總算可以繼續前進了。」

身穿防寒裝備從洞穴出來的尤里，在幫奧拉穿上同一套裝備的同時，也如此問道：

「我說妳，是第一次看到雪嗎？」

「看、看是看過……可是沒有看過積這麼厚的……」

「是嗎，那就跟在我的後頭走。別忘了我之前教過妳的重心控制方式啊。」

尤里說完這句話便開始下山，奧拉也跟著在她第一次看到的積雪道路上邁步前進。

使勁踩在柔軟雪地上的感覺、留在自己後方的點點足跡、雪地內的空氣被擠到外界時發出來的啾啾聲響……第一次在雪上步行的經驗比自己想像的還要有趣……不過，這種有趣僅存在於前五分鐘而已。奧拉逐漸開始體會到積雪道路的艱辛之處了。

「呼、呼……嗚嗚……」

「喂~奧拉妳怎麼啦？落後了喔？」

「誰、誰叫，這裡……真的非常不好走……」

會滑、會累、還看不到地形，走積雪道路下山真的很麻煩。就連尤里走在前頭幫她開路都是這種狀況了，如果只有她一個人走的話大概會慘不忍睹吧？她之所以能夠勉強行走，可能也要拜之前在地上所做的步行訓練所賜。

不論如何，奧拉總算是下山了。等待她的是一片非常巨大的雪原。如果要形容其規模的話，這片雪原已經大到看不見地平線的盡頭了。

「哇啊，太美妙了……！」

眼前這片過於廣大的景象，讓奧拉一時被震懾住；就在這個時刻，她突然心生疑念。

這一帶有這麼大的平原嗎？

正當她百思不得其解的時候，旁邊傳來了少年的嘻笑聲。

「怎麼啦，妳不知道嗎？妳其實也在這邊玩過喔？」

奧拉經他這麼一說，終於回想起來了。

——這裡並不是什麼平原，就是「納爾基斯湖」。

湖面冰凍之後又覆蓋了一層雪，讓整片湖泊於幾天時間化為巨大的雪原。

「你該不會、是在等湖面冰凍吧……？」

「哦！妳很敏銳喔。其實下一個門的所在地點，就是納爾基斯湖的正中央。本來的話坐木筏過去就好了，不過很不幸的是湖中央附近有大量危險的肉食魚群聚。所以，這道門實質上只能在寒冬期間使用。」

他們之所以一直停留在原地，似乎就是因為就算想前進也沒辦法進行。

不管怎麼說，如今已經滿足所有條件，兩人立刻向雪原邁步前進……原本奧拉是這麼想的。

「在這之前，有個地方我們要先過去一下。」

尤里這麼說完，便以伸手要把兩旁樹木推開的姿態走進雪原前方的樹林裡，接著他在某棵樹的樹根位置開挖。結果，有兩株可愛的小樹苗從雪層底下探出頭來。這兩棵小樹彷彿情侶一般相互依偎，分別開出紅色及白色的花朵。

這麼說來，這裡是他們在第一次來到這個界相當天埋了什麼東西的地方，看來那東西就是這兩棵小樹的種子了。

這兩棵樹的種類是她在地上從未見識過的……樹名叫什麼呢？正當奧拉還在觀察的時候，尤里突然有了動作。在她還在想說他要做什麼的時候，他已經對開出紅花的樹根開挖，然後將它連同泥土一起挖出來，連樹帶土整個裝到一個大瓶子裡面去……只留下那株失去伴侶，感覺似乎有些寂寞的白花之樹。

「這個……是要拿來吃的嗎……？」

「哈哈哈，別說傻話了。這玩意是我們非常重要的安全繩，不可能會去吃的。」

少年的回答一如既往的讓她摸不著頭腦。

「好啦，我們出發吧。」

於是，這回兩人正式開始進入這片一望無際的冰原。

話雖這麼說，這趟旅程比她想像的還要簡單得多。

平坦的冰原比山路更好走，沒必要去擔心從看不見的懸崖滑落或是樹上落雪的問題。再加上沒有原生生物出沒的危險性，所以連警戒的必要都沒有。老實說，這是到目前為止的旅途當中最輕鬆的一段路。

只不過，奧拉在經過幾個小時以後，還是察覺到真正的敵人。

「嘖！又開始下雪了……」

雪從遮蔽天空的黑雲中不斷降落，風則從空曠雪原中呼嘯而過。它們跟「削肉寒風」相比都要弱上許多。不過，在這個沒有遮蔽物的地方會直接承受風雪的影響。再者，沒有野獸這件事，反過來說也代表沒有獲取食物的方法。一開始看起來像是優點的各種條件，已逐漸開始對兩人造成壓力。

而且最麻煩的事情是，在這片雪原上完全無法辨識方向。

不管是向右看還是向左看，她能看到的只有被大片雪幕封閉的地平線。即使想用星星當指標，星光也被沉重的黑暗雲層遮擋。在北極與南極都不存在的迷界當中，本來就無法使用方位磁針，就連剛才走過的足跡也會在一瞬間被雪埋掉。她已經連自己是在前進還是停留都搞不清楚了。

我們現在，真的是朝正確的方向前進嗎——？

在如此廣闊的雪原上，哪怕只是方位稍微偏離了一點，幾天後可能就會走到完全不對的地方。不對，在沒有方法確認位置的情況下，即使已經走到完全錯誤的方向上也無從察覺。能夠證明現在走的這條路是「正確」的手段並不存在。在最壞的情況下，他們說不定無法抵達門或是湖岸，只能永遠在這個冰天雪地的無間地獄中徘徊……。

不安一旦萌生，很快就跟這片寒雪一樣越積越深。

沒錯，這裡是空無一物的冰原。不過諷刺的是，正是這個「空無一物」成為最大的威脅。

「我、我說，走這邊真的是對的嗎……？」

在出發數小時之後，奧拉忍不住拍了拍走在她前面的少年後背。當然，這種事就算問了也沒用，所以她已經把這問題吞回肚子裡好多次……但最後還是沒辦法把自己的不安壓下去。

然而，尤里的回答與她的悲觀預期完全相反，相當正面：

「嗯？啊啊，沒問題啊。我就是為了這件事才把這玩意帶在身邊的。」

尤里說完，把先前裝入小樹苗的瓶子拿出來。可是，這種東西能有什麼用呢……？

「怎麼啦，妳沒發現嗎？來，妳再仔細瞧瞧。」

奧拉照他的建議，仔細觀察樹木。

這麼說來，花的方向跟第一次看到的時候比起來好像不太一樣……。

「喔！妳明白了嗎？花朝向的方位不一樣吧？這種『雙戀樹』呢，距離最接近的雄株和雌株為了能與對方遙相對望，會改變自身開花的位置喔。」

她曾經聽說，有一種叫向日葵的花卉，確實也會朝太陽的方向開花。而這種樹則是朝伴侶開花。雖然聽起來還滿浪漫的……不過這種事和現在有什麼關係？奧拉陷入沉思，過了一段時間後恍然大悟。

「啊！難道說……這棵小樹可以代替指南針……？」

「妳真的很有慧根啊，答對了！」

「雙戀樹」被尤里種在目標門的正南方。換句話說，將花朵朝向的方位視為磁南方，這棵樹的功用就等於是一個模擬指南針。之後只要一心一意持續往正北方向前進，就可以抵達門了。

於是兩人依靠花朵型態的方位磁針，一心一意的在雪原上行進。白天走到哪裡算哪裡，一到傍晚就挖雪洞休息。奧拉本來以為用雪做成的洞穴會很冷，不過雪洞其實很溫暖，這跟她的預期完全相反。光是它能防風防雪並且不讓熱量散失，就能讓體感溫度有天與地的差別。兩人就這麼前進夠了就休息，休息夠了就又前進，每日重複相同的作息。或者應該說，在這片空無一物的冰原上除了走路和睡覺以外，也沒有別的事情可以做，所以要說理所當然也是理所當然吧。

她只有一個疑問，那就是行進速度異常的快。即使是要急著去救援奈莉亞，他們在這裡的步行速度跟之前的其他界相比起來還是快一大截。一開始，她以為少年在擔心食物問題。畢竟這裡是無法補給的冰上，雖說他們製作了大量的保久食糧，不過也不能一直悠哉悠哉的前進才對。

這當然是其中一個正確答案。不過，等到她理解少年焦急的真正理由時，已經是他們在冰原上行走一個禮拜以後的事了

這一天，異常狀況在他們剛出發沒多久就發生了。

率先前進的少年的腳步異常緩慢。是在顧慮她的狀況……又好像不是。就在奧拉一面前進一面歪著頭思考為什麼會這樣的時候，她突然察覺到某件事。

這麼說來，平常他會不時檢查那株小樹苗，可是今天連一次也沒有看。

「請問，尤里……？」

「嗯？怎麼了？」

他回答的聲音跟平常一樣。不過硬是沒回頭看這邊。

「方向，沒有問題嗎……？」

「啊啊，大概吧。」

少年再度一派輕鬆的點頭說道……不過心中這份不安的感覺，又是怎麼一回事呢？

奧拉戰戰兢兢的詢問。

「請問……『雙戀樹』，可以讓我看看嗎？」

「……」

尤里猶豫了幾秒鐘之後，默默的將瓶子遞給她。奧拉在這瞬間理解到，自己並不是因為想太多才感到不安。

小樹已經枯乾到不成形了。

「這、這是……!?」

「其實在『雙戀樹』的原產地，根本就沒有冬天這種季節。所以，這玩意不耐寒，在冰點以下的環境中沒辦法撐太久。」

奧拉聽著他平淡的說明，同時也感受到自己的臉色正逐漸蒼白。

在這片廣闊無邊且沒有任何明顯標誌的冰原上，「雙戀樹」是唯一的路標。兩人如今已然失去了它。

「沒問題，妳就照以前一樣跟我來。我一直都在訓練自己直線走路。沒問題，沒問題的。」

儘管少年反覆說著「沒問題」試圖安撫她，不過就算是奧拉也很清楚，這種事情沒有嘴巴講講那麼簡單。哪怕方向只偏了一個腳尖……也就是偏了一點，就無法抵達目的地。想要一步不錯的穿過浩瀚距離抵達門前，已經是一件宛如魔法的高難度行動了。重點是，即使明知「雙戀樹」只能撐到途中就不管用，少年還是依賴它，這很明顯表示他的說法並非真的沒問題。

接下來他們前進的速度掉到了原來的十分之一以下，似乎證明了她這個看法。他們一步一步的謹慎前進，只要集中力稍有鬆懈就會在那個瞬間停下腳步。在失誤一次就確定會死的狀況下，他們每一步都不能放鬆。狀況好的話可以走兩個小時，時間短的話出發還不到三十分鐘就需要休息。他們只能慢吞吞的前進，宛如牛步。

另外一方面，少年的憔悴程度顯而易見的增加了。只不過短短幾天他就明顯消瘦，也完全沒有出聲，幾乎變成了另外一個人。

不過這也是理所當然的。在沒有任何路標的情況下，單憑感覺朝一個方向持續前進，這種行為就等同於踩著一條看不見的蜘蛛絲渡過斷崖之間的山谷。真的可以抵達目的地嗎？說不定他們已經走到了錯誤的方向上——想到這裡，集中力就會瞬間消散；恐懼、不安、疲勞，則會像暴風般讓已經很細的蜘蛛絲大為震盪。這對人的神經會造成多麼大的耗損，光是想像就讓人背脊發涼。

而且少年並不僅僅承受精神層面上的折磨而已。不管行進速度有多慢，食物消耗的速度都是固定的。先前在當地獲取的食糧很快就吃到見底，隨身攜帶的行動食糧在每一餐的比例不斷增加，而且連後者也逐漸短缺，他開始頻繁運用燒開的熱水來填滿空腹。少年在精神與肉體雙方面，都在一點一滴的陷入絕境。

他的安息時光已經只有睡眠了。不對，甚至連那麼短暫的休息時刻，少年也沒有獲准享受。

疲勞、緊張、恐怖、焦慮，各種壓在少年身上的重擔，即使到了夢中也在折磨他。每當他進入淺眠狀態時，就會因為做惡夢而大聲呻吟。他會露出痛苦的表情，蒼白的嘴唇不停顫抖，並痛苦的在狹窄的雪洞中不斷翻身。他的皮膚始終跟冰塊一樣的冷，可能因為身心俱疲的關係，體溫一直無法正常升高。

面對這個在惡夢中呻吟的少年，奧拉緊咬嘴唇。

「他和我是不同的人種」……這是一直以來奧拉對少年大致上的看法。不管任何困境都毫不畏懼挺身面對，憑藉智慧和勇氣克服一切的強人——這樣的他跟自己打從出生以來就是完全不一樣的人。可是現在，這個在惡夢中顫抖的少年看起來稚嫩到很符合他的年齡。虛弱至極的他無疑跟自己一樣，都是普通的人類。

所以……。

奧拉悄悄的解開大衣的扣子，然後用她的胸部溫柔的將冰冷的少年包裹於其間。

沒有智慧也沒有經驗的自己，沒辦法成為少年的力量。然而即使如此，她至少可以讓他冰冷的身體得到一些溫暖——

她不知道這樣的行為有多大的意義，不過她感覺到少年原本痛苦呻吟的表情似乎稍微緩和了一點。奧拉就這麼繼續擁抱著少年，直至他甦醒。

之後，苦難的旅途持續進行。食糧逐漸減少，精神飽受侵蝕，肉體逐漸衰弱……這段彷彿被棉絲勒緊喉嚨的日子並沒有迎向終結。在這片連時間都凍結的冰原上，已經連時間經過多久都無法判斷了。他們是在走路呢，還是僅僅在原地徘徊呢，或者其實、他們兩人早就已經死了呢……？

在這趟地獄之旅無盡延續的時候，奧拉最害怕的事情發生了。

走在前面的少年，終於倒下去了。

「尤里！」

奧拉立刻衝到他身邊。少年掙扎著試圖站起來，但他的腿似乎使不上力，只能跪倒在地。他的身心狀態終於不堪負荷了。

在冰原的正中央精疲力盡……這無疑意味著兩人的死亡。

不過，奧拉卻在心中感到了一絲安慰。

這樣就好、這樣就好了。他已經不用再承受痛苦了，沒有什麼事比這樣更好了。與其硬撐不如就這麼算了，與其痛苦不如就此放手。如果活下去會是如此地獄，那麼死亡反倒是一種解脫。

奧拉緊緊擁抱著虛弱不堪的少年。她絲毫沒有任何責怪少年的念頭，他已經十分努力了。

……不過，事實並不是這樣。

「……哈哈，抱歉。不知不覺就鬆懈了……」

少年虛弱的低聲說完之後，又小聲補充了一句：

「……果然一看到終點，不管怎麼樣就都沒忍住啊……」

「咦……？」

奧拉的視線跟隨他的低語聲移向前方。結果，她在暴風雪的空隙看到了某個閃爍的東西。

如同海市蜃樓般不時晃動的，是那個貫穿虛空的空間裂痕——毫無疑問就是門。

沒錯，少年並沒有放棄。他們在這趟無窮無盡的死亡行進尾聲，終於抵達了目的地。

「可以用妳的肩膀稍微扛我起來嗎？我們快點跟這種地方說再見吧。」

「好的……！」

於是兩人離開了冰原。

下一個界相是一處為森林所覆蓋的地方。在那裡等待他們的，是無數熟悉的生命之光。

溫暖的太陽光。

和煦安寧的空氣。

歡樂的鳥鳴聲。

「太棒了……我們，真的穿越了那片冰原嗎……！」

在柔和的生命氣息環繞下，奧拉發出了歡喜的聲音。然而當她回頭時，看到的卻是少年癱軟跪倒的身影。

「尤里!?」

在試煉的盡頭等待他們的，是新的試煉。

第四章 ——再訂一次，契約——

「尤里，你怎麼了!?」

奧拉連忙跑向突然跪地的少年。不過，尤里很快就站了起來。

「哎呀，沒事沒事，我沒問題。妳看，我剛才也說過啦？只是鬆懈了一下。」

尤里說完這句話便開朗的笑了……的確他剛才也是這麼說的。不過，真的只是鬆懈了一下嗎？在這處光亮的界相仔細一看，他的臉色似乎相當差……。

「尤里，你還是休息一下比較好！」

「……不，還不能。有個地方我們必須去……。」

尤里說完，便試著用已經重心不穩的雙腿向前行走。

果然有什麼地方怪怪的。他都成這個樣子了，是不是應該要強迫他休息呢——就在奧拉這麼想的時候。

「——喂，你們怎麼了!?發生了什麼事!?」

突然聽到有人出聲表達擔憂。緊接著，有幾個男子跟女子從附近的樹林中現身。

他們背著使用到磨損的大型背包，穿著機能性遊俠服，肩膀上繡著一致的隊徽……不是幻覺也不是妄想，是真正的人類。從他們的裝束看起來，似乎是一個冒險者團隊。

「啊、嗯、這個……。」

面對這群突然現身的冒險者，奧拉不禁語塞。這是她來到迷界以後第一次遇到除了尤里以外的人類，這個突發事件讓她的頭腦一時反應不過來。

不過，對方同樣是冒險者，似乎不用多說什麼就馬上察覺到狀況。

「來，總之過來這邊！你們兩個的臉色看起來很不好！」

「喂～各位，我們有客人了！把地方空出來！」

這群冒險者扶持兩人走入樹林內部，接著他們來到一處稍微開闊的空地，也是他們的暫住地。

劈里啪啦作響的營火、設置在樹林之間的帳篷、防止野獸的木製柵欄……雖然看起來簡易，但作為臨時營地已經足夠完美。從之前一直過著雪洞生活的奧拉眼中看來，這裡甚至就像一處大豪宅。

「來來，你們過來啊！沒有什麼好客氣的啦！」

「好、好的……」

迎接他們的這群冒險者，開始忙碌的調用毛毯、急救箱等物品。這個團隊男女合計一共有六個人，他們所帶來的物資也必然相當充裕。

「你、你們好，真是謝謝你們……可是，為什麼你們要這麼做……？」

奧拉雖然對事態的突然發展感到困惑，但她還是向旁邊的女性表達感謝，而那女性則快活的笑了。

「妳在說什麼呢，在迷界就是要互相幫忙呀！在這裡相遇也是一種緣分，這種時候就要盡情依賴！」

對方笑容滿面的說出了溫暖的話語，這讓奧拉在心中感受到一股溫馨。

在迷界當中所發生的意外狀況，不管在什麼時候都是不好的事。可是，沒想到在這個世界竟然也能偶遇這麼美好的事情。

「好啦，要不要吃點東西呢？你們肚子餓了吧？」

正好到了午餐時間，營火上頭有一只已經煮到湯頭開始咕嚕咕嚕作響的大鍋，正是盛放大量鹿肉的味噌燉山菜鍋。在聞到那股美味香氣的那一瞬間，奧拉很自然的分泌出唾液來。畢竟在「希萊尼亞」的冰原上她只能吃到最低限度的食物，面對這麼溫熱又正式的餐點，她根本沒辦法忍著不吃。

「尤里，我們就在這裡接受他們的好意吧！」

奧拉拉著還呆站在原地的少年的手，幫他脫下防寒衣並讓他坐在營火旁。仔細想想，他已經很久沒有好好攝取營養了。這樣下去身體狀況一定會變糟。總之現在必須要讓他吃到飽，讓他的身心都得到休息。

「很好很好，這樣就好啦。來吧，不要客氣！這是我們隊伍特製的山毛櫸鹿肉鍋！只要把這一鍋嗑掉，雪原的寒冷就會一掃而空！」

交到她眼前的是滿滿一碗鹿肉湯。根莖類蔬菜的甜味充分融入湯中，從肉中溢流出來的金黃色脂肪於湯的表面漂浮，與味噌的風味相互搭配，滿能夠引起食慾，光是喝一口湯應該就能讓暖意直抵身體核心了吧。雖然肚子不由自主的叫個不停，不過現在的奧拉已經連害羞的姿態都擺不出來了，她想要馬上開吃並立刻伸手過去……然而，尤里的手搶先阻止她的動作；而少年也在這個時候，第一次開口說話。

「在開動以前……我要再一次說，真是謝謝各位。」

「怎麼啦，你這孩子可真是守規矩啊。我都說這樣就好啦？重點是你們要趁還沒涼的時候——」

「——話說回來，我想順便請各位再好意回答幾件事。」

尤里就這麼靜靜的提出詢問。

「第一，為什麼要逗留在這麼不方便的地方？這一帶離河流或湧泉都很遠，應該是紫煙狼的地盤，以營地的標準來看實在很難說是合適的居留處。更何況，看起來你們好像已經在這裡待四天了吧？」

他到底在說什麼呢……？在一旁邊聽少年說話的奧拉不停眨眼，她完全不懂這個問題的意圖所在。這群冒險者也一樣不懂，他們的表情很明顯充滿困惑。

尤里無視所有人的反應，繼續提問。

「第二，為什麼你們斷定我們是從雪原來的？會穿防寒裝備來這個界相的人，基本上都必定是經過安全的『布雷西亞』而來。而且那裡是山岳地帶，雖然到處都是雪山，但不是雪原。」

少年淡淡拋出第二個疑問。那群冒險者的表情瞬間僵硬，奧拉也漸漸猜到少年想說什麼。

可是，他這麼問會不會太失禮了呢？

然而尤里並沒有停止，他又繼續開口提出第三個問題。

「第三，為什麼你們不對我們保持警戒？只要是冒險者都應該知道，在迷界中有時候即使同樣都是人類還是會造成威脅。特別是……像我們這樣疲憊不堪的冒險者。儘管如此，我並沒有感受到該有的警戒心，這只有兩種可能性。要嘛你們是超級大白癡，再不然……你們自己就是掠奪者。」

如今他的語氣，已經聽不出任何禮貌跟規矩了。

「——我說，你們到底是哪一種？」

少年的目光銳利穿透了那些冒險者，彷彿已然看穿一切——在這個瞬間，六個人幾乎同時行動，一起從腰間拔槍出來，並將手指扣在扳機前方……然而，少年的動作遠比這些人快。

他縱身一躍以腳尖把沸騰的鍋子向上踢去，同時讓兩把刀刃順著雙手袖子滑下來後隨即往左右兩邊投擲。

鍋子擊中一個人的臉，兩把短劍則分別命中了兩個人的慣用手，比較靠近少年的三個人瞬間倒地，不過少年的攻勢也就到此為止。餘下三人已經把槍拔出來並把槍口對準尤里。尤里再怎麼強大，在寡不敵眾的態勢下還是沒有勝算。

……然而，就在這個時候，少年在奧拉耳邊悄聲低語。

「……不好意思，忍耐一下。」

「咦……？」

在下一個瞬間，尤里竟然把奧拉當盾牌，躲到她的背後去。奧拉只能目瞪口呆僵在原地不動。

突然偷襲的一群冒險者，把自己當城牆的少年，再加上在眼前閃爍的槍口。少女無法掌握狀況，腦中一片空白。

也就是說，我、會中槍嗎？

然而就在這個時刻發生了一件怪事。原本正要把扳機扣下去的三人，在奧拉這個盾牌面前突然停止動作。

「你……！」

「果然目標是奧拉嗎？難怪你們走阿爾巴斯隊路線還特地先一步到這裡來等我們……所以，是誰雇用你們的？目的呢？算了，反正你們也不會回答。」

尤里質問到這裡，聳了聳肩說了一句：「沒差，反正都跟我沒關係」，又接著開口：

「你們敢對我動手的話，我就把這女人的喉嚨割斷。這樣一來，你們的雇主應該會很憤怒吧？……好啦，快把槍扔了！」

少年把刀刃抵在奧拉的喉嚨上，並以冷酷的語氣發出要求。

這群人並沒有突然發動奇襲，而是試圖進行誘騙；他們被尤里成功套出動機之後，也只針對尤里下手。以這些跡象進行思考，他們的目的只有活捉奧拉，而且這個推測似乎是正確的。三人露出了憎惡的猙獰表情，但他們都沒有進一步出手。

「……奧拉妳聽好，就這樣直接逃進森林去。我一發出信號妳就儘可能快跑。」

「好、好的……！」

雖然她還沒有完全理解狀況，不過這時候照尤里的話去做應該才是明智的。奧拉對少年的悄悄話點頭回應，並在人質狀態下慢慢的往背後的樹林後退。

沒問題，還差一點，這樣一來一定可以逃掉的。

……不過，就在奧拉只差一步就可以踏進森林的時刻，一股惡寒沿著她的脊椎流竄……同時，有個人現身了。

「——哎呀哎呀，好像事情突然變得很大～條了喔～？我去小便的時候是不是突然有熊跑出來了啊～？」

一名男子悠哉悠哉的說著這些話，同時漫不經心的從三人後方走了過來。

鬍渣散亂、衣著破舊、還沒什麼幹勁的打了一個大哈欠……年紀大概在四十多歲左右。乍看之下，這名男子就像個在酒吧裡閒晃的不起眼中年男性。不過不知為何，從那慵懶的眼神中能夠感受到飢餓野獸的氣息。

——奧拉直覺認為，這是個危險人物。而且，十分危險。

「我說阿德姆啊～這情況，可以說明一下嗎～？」

「你看也知道吧，是目標！史雷，你說的沒錯，他們是從切爾西卡隊路線來的！現在他們已經無路可退了！」

雖然對方回答了，不過名叫史雷的男子卻低頭看著趴在地上呻吟的三人並笑著說：

「無路可退、啊。可是看起來不像耶～？」

「這、這是因為……那傢伙把目標當作人質……！」

「哈哈哈，這是什麼情況啊，你根本完全講反了嘛～？」

史雷笑著說完這句話以後，才朝向奧拉他們這邊望過來。兩人不知道他會發動何種攻擊，全身緊張僵硬。不過從他口中說出來的卻是出乎意料的話語：

「算啦算啦，小弟弟你冷靜一下。其實這個情況只是一場不幸的誤會。」

「……你的意思是？」

「大叔我們呢，其實也不是來抓人的。真的要說的話……這個嘛，算是正當的『救援』吧？」

史雷就這麼對著奧拉笑著說：

「我說的沒錯吧……奈莉亞大小姐？」

在這個瞬間，奧拉的心臟跳出了不祥的聲響。

為什麼他會知道那個名字——？

「……我、我不知道、你在說什麼、我……」

「哎呀哎呀，妳打算要裝傻嗎～？這下可就頭大了啊～因為大叔我們呢，妳知道的，也是接了人家的委託嘛……委託人是妳的『父親大人』喔。」

「……！」

果然是這樣，這名男子什麼都知道——在她理解到這件事的一瞬間，世界就失去了光明，比艾諾希蓋歐斯的海溝還要昏暗，比希萊尼亞的冰原還要寒冷。在這個被黑暗與冰霜凍結的世界裡，她甚至沒辦法好好呼吸。

奧拉已經無法維持站立的姿勢，就這麼癱軟下去……就在這個時候，少年的手輕輕扶住了她的肩膀。

「喂，你對奧拉做了什麼!?」

「做了什麼，我只是在聊天而已。就算是大叔我也想跟年輕的女孩子聊聊天嘛～」

史雷若無其事的回應了尤里的威嚇，並再度詢問奧拉：

「話說回來了，大小姐，這樣真的好嗎？如果妳不過來的話，那個小鬼會死掉哦？畢竟他在事實上是個綁架犯呢，大叔我們也沒辦法下手太客氣啊。只是，如果妳願意乖乖過來的話，我們保證不會對那個小鬼動手。所以呢，為了那個小鬼好，妳就過來吧……啊，順帶一提，這是妳父親大人的『命令』哦？」

史雷露出虛偽的笑容，說到最後還補了致命的一句話。奧拉受到這句話牽引，搖搖晃晃的向前走出去。

父親在叫我。那麼我就得回去。畢竟，父親的命令是絕對的……不過，她剛要踏出去的那一步被少年擋下來了。

「請、請你讓開……我是、我是自願回去的……」

奧拉試圖甩開少年的阻擋。然而，回應她的只有一句「吵死了」。

「臉色都跟洋娃娃一樣蒼白了，好意思說什麼『自願』啊。別說傻話了，給我振作點。」

少年斬釘截鐵地說完這句話，輕輕拍了拍奧拉的背。光是這個動作就讓原本卡在喉嚨的東西就此落下，她的呼吸也輕鬆了不少。

可是，問題不是只有這樣而已。

「可是這樣下去尤里會……！」

「妳的意思是為了我嗎？妳如果真的這麼想，就更該留在我身邊。妳想想看，我都看到這種場面了，饒我一命沒有任何好處吧？」

少年冷靜地作出判斷，隨後又補充了一句話：

「尤其那個男的更會這麼想了——沒錯吧，『人吃人的史溫』？」

在少年叫出這個名號的一瞬間，史雷的臉上露出了得意的笑容。

「哎呀呀，你知道我嗎？原來我還出乎意料之外的有名嘛～？」

「這是當然的吧。史溫．阿爾巴西——很久很久以前在『第三門之城』揚名立萬的大惡棍，為了錢甚至可以一臉平靜的將嬰兒殺掉。你這個被所有城市通緝的殺人犯，我怎麼可能會不知道？」

「哦～年紀輕輕就這麼博學啊。我還以為自己已經過氣很久了呢～這下真的是敗給你了。」

雖然嘴上這麼說，史雷……不對，史溫卻悠然自得的抓著他的鬍子。

面對這名非常詭異的殺人犯，尤里堅定的如此宣告：

「這回你就收手吧，史溫。事情到了這個地步，你們已經走投無路了。不過嘛，如果你們覺得委託要帶走的女人怎樣都沒差的話就放馬過來。雖然這樣就會變成大家在泥沼互相廝殺的雙輸局面……但如果你們想玩的話也沒辦法，我會陪你們一起下十八層地獄。」

少年的聲音裡沒有一絲虛張聲勢或是虛言恐嚇的意思。這些持槍的小混混看來是理解了這一點，只見他們面容扭曲，似乎有些畏怯。這些人很清楚，他們不可能在跟尤里戰鬥的同時還要顧慮人質的安危……然而儘管如此，史溫依然悠然自得地笑著這麼說：

「喂喂，你～們在害怕什麼啊。我說你們啊，如果不能揣摩客戶的意圖，可就沒辦法成為一流的專業人士喔？旗下雇用了那麼多冒險者的斯坦普爾格老闆，還特地委託像我們這樣的灰色勢力，這當中的意義你們不明白嗎？」

史溫如此詢問同伴，但三人面面相覷，似乎都無法理解這個問題的意思。事實上，奧拉也不明白他想說什麼……然而，就只有理論上應該是敵人的少年理解了史溫這句話的真正意思。少年立刻抱起奧拉迅速向後一躍——就在那一躍的一秒鐘之後，剛才奧拉臉部所在的空間被子彈穿透了。

「咻～反應不錯耶，年輕真好～！我已經好久沒有射偏了，真的不蓋你。」

史溫對躲進樹林裡的兩人吹了一聲口哨，似乎表示欽佩。不知何時他的手中已經拿著手槍，並以奧拉的肉眼無法辨認的驚人速度高速射擊。

「你們聽～好啦？對於老板來說，最優先的事情是不讓『大小姐離家出走』這種醜聞曝光。所以說，大小姐是活還是死其實都無所謂。當然啦，把她活捉回去的話是比較容易討到報酬啦，不過怎麼樣都比報酬歸零好吧？你們明白了嗎～？」

史溫對同伴如此解說，接著以一種令人不寒而慄的冷冽語氣下達命令：

「……明白的話就快點過來殺她。」

這群小混混遵照命令，從三個方向一點一滴的縮短他們與兩人的距離，原本負傷的另外三人也掙扎起身加入戰鬥行列。敵人包括史溫在內一共有七個人。雖然躲在樹木後方可以避免直接遭受槍擊，不過如果被對方同時包圍的話，就算是少年也無法應對。儘管如此，逃往森林深處的路程又太遠了。

果然不行，不能再繼續拖累他了。

「尤里，已經可以了！那些人的目的是我……我出去可以引開他們的注意力！你就趁這個機會逃跑！」

奧拉做好覺悟並開口提出作戰計畫。然而，尤里很快就搖了搖頭。

她很高興對方關心自己的人身安危。可是，還有其他策略可以擺脫這種困境嗎……？

——少年對逼近而來的包圍網，大聲喊出了這個問題的答案：

「第一個來的人，我一定殺！想犧牲自己成全同伴的傢伙就先上吧！」

在他如此宣告的一瞬間，逼近而來的小混混都突然停住不動了。

少年的實力已經在一開始的戰鬥中證明過。所以這句話不僅止於恐嚇，這件事應該已讓對方明白到生厭的程度了吧。這樣一來，對方其實是一群為了金錢被雇用來的雜牌軍團，他們之間的交情根本就沒有好到會去犧牲自己的性命。現在這些人正互相用視線牽制對方，彷彿在表達「你先上啦」。一旦變成這種情況，接下來就和平時的狩獵沒兩樣。只要把失去團結精神的對手扎扎實實的逐一解決掉就好。

想不到他只用一句話就讓情況徹底翻轉過來——正當奧拉在心底深表讚嘆的時候……。

「——哇哈哈哈哈，這種恐嚇手段也太古典了吧。」

在緊張的氣氛中，響起了史溫的笑聲。

「我說，你們也真是的，還真的把這種話當真啊。『這種小鬼我一個人就可以搞定啦！』你們連這種氣魄都沒有嗎？真是的～一群大人湊在一起還這麼遜。」

史溫事不關己的出言嘲諷。不過，他這麼做不可能不會引發反彈。

「煩死了！別在後面當老大，你也來做點事！」

他們畢竟是同行，雖然目的一樣但他們不是史溫的部下。無謂的一句話讓彼此間的不和進一步增大。這對奧拉他們來說是再好不過的發展。

然而，這樣的氣氛很快就全面轉變了。

「咦～？我也不年輕了啊，很麻煩耶……啊，對了，那就這麼辦吧。」

史溫似乎想到了什麼並舉槍瞄準，不過他的槍口朝向的目標，不是少年——而是那六個應該是同伴的人。

「你、你做什麼……!?」

「——不上的傢伙，由我來殺……怎樣，這下子你們就願意上了吧？」

這句話聽起來像一則不好笑的笑話。不過，六人全都臉色大變。

這個男的真的會做出來，他就是一個兼具如此實力與殘忍的男子。夾在尤里和史溫中間的六人臉色發白，冷汗直冒……然而，史溫卻在這個時候突然開始大笑。

「啊哈哈哈，開～玩笑的啦，是開玩笑的喔，開個玩笑。你們可別當真啊～我怎麼可能會做那麼過分的事呢～？事實上，就算是我也不想和那個小鬼對幹啊。喂，你說對不對——『大圖書館的萊因霍爾特』小朋友？」

史溫脫口說出了一個前所未聞的稱號，當然少年然沒有任何反應……不過，奧拉卻注意到，少年的臉色微微的變了一下。

「『第八門之城的唯一生還者』、『前葉卡隊的副隊長』、『第五次克雷提西亞遠征的生還者』……哈哈！真令人羨慕啊，你這個經歷輝煌的傢伙～。」

「……我不知道，你在說什麼？」

「喂喂，打馬虎眼是不行的喔～？當然啦，你在那場遠征被放逐以後，就被大家叫成『棺材推銷員』，好像真的是落魄了……但就算這樣，我這種老頭子還是沒那個能耐當你的對手吧？」

史溫以一副無所謂的表情笑著說完這句話，就直接把槍放下……不過，這並不表示他放棄了。

「……只是、呢，打從一開始我就沒有跟你對打的必要喔？」

史溫剛說完這句話的一瞬間，奧拉就聽到少年輕微的咋舌聲。

「你的指尖在顫抖、瞳孔在放大、耳垂前面有淋巴腫脹……呵呵呵，我這個大叔多少也是有點經驗啦，看得出來的～尤里，我說你、是不是暈了啊？」

在一旁聽到這句話的奧拉，並不明白它的意義是什麼。只是有一點可以確定，少年並沒有否認這句話。

「所以啦，就讓我好好等一等吧？畢竟老人家唯一擅長的事就是等待了～」

史溫說完也沒聽回應，就這麼當場一屁股坐了下去。然後他對著那口差點翻到底朝天的鍋子低聲說了一句「真是浪費啊～」並把它擺正，開始將剩下的湯汁舀進碗中。看樣子他真的只是打算等待，他的六個同伴也面面相覷，似乎也是一頭霧水。

然而，似乎只有尤里明白史溫這動作的意思。少年嘆了口氣，好像已經不再堅持某些事。

「……是啊，你沒說錯，我認了。我是沒多少時間了。」

少年點頭說完了這句話。不過，他又繼續低聲說：

「所以……我要請你們快一點了。」

尤里在說這句話的同時也將嘴張大，從他的喉嚨深處發出了奇怪的「喀啦喀啦」聲響，接下來他試著發出兩、三次「啊——」聲……之後，少年的嘴巴發出了一道恐怖的高亢叫聲。

這道高亢持續的咆哮就跟尖銳的警報聲一樣——毫無疑問是一種會讓人聯想到狼嚎的犬科動物嘶吼聲，不論如何都不是人類能夠發出來的音域。少年發出的野獸嚎叫撼動了大氣，迴蕩在山間。而在經過大約十秒鐘以後，周遭又恢復寧靜。

剛才這聲音到底是什麼？一直摀著耳朵的奧拉打算這麼詢問他。然而，這時候又響起一陣嘶吼聲。不過這一次不是少年的聲音，那聲音是從遠方傳來的，是真正的狼的咆哮聲。

少年偽裝的嘶吼聲，成功騙取了正牌狼群的回應。

「你們也知道，這一帶是紫煙狼的地盤。那些傢伙現在正衝著這裡過來。你們如果還算是冒險者的話，應該知道這代表什麼吧？」

少年這句語帶威脅的話，讓那些小混混憤憤不平的回答著：

「哈！你瘋了嗎!?這樣子你也會死的喔!?」

奧拉從這些男子的反應理解到一件事，尤里僅僅傳達了「獵物在這裡」的訊息而已。他並不能真正的跟野獸在意思層面上進行溝通，當然也不可能操控牠們的行動。一旦狼群抵達，眾人只會成為被殺害啃食的獵物……不過，對少年來說，這種事他打從一開始就知道了。

「是啊，我知道。不過反正我繼續這樣撐下去也會死，對我來說沒什麼不同。既然如此……帶著一群壞人跟我一起走，感覺也會比較好吧？」

尤里先是用挑釁的口氣笑著說完，再以更加堅定的語氣直接表態：

「好啦，你們要怎麼辦!?這場膽小鬼遊戲，要衝還是要縮，由你們決定!!」

少年的聲音中，蘊含著即使面對死亡也不膽怯不退縮的覺悟。那群小混混聽到這句話以後

「嘖，誰幹得下去啊……！」

那群男子似乎不願意陪少年一起玩這種亂七八糟的自殺遊戲，開始陸續撤退。當然，史溫不會對此坐視不管。他立即將槍口對準了那群逃跑中的同伴背影……不過，他隨即在嘆息聲中停下手來。

「真是的，不幹了不幹了。需要搞到這麼誇張嗎？一般人不會這樣吧？這種委託根本不划算。要跟萊因霍爾特對打，我得要收五倍的報酬啊。」

史溫是個為了錢什麼都願意做的男子。然而，這筆錢如果沒有命去花，也就沒有任何意

義。看來史溫並沒有愚蠢到固執己見，導致沒看準時機撤退的程度。

「就這樣啦～那麼，我就拜啦，你們兩位。」

隨著話音落下，史溫也逃走了。在他的背影消失在森林深處的那一瞬間，尤里抱著奧拉全速奔跑。

「抱、抱歉，尤里……」

奧拉戰戰兢兢的對抱著自己奔跑的少年如此詢問。

如今已經脫離險境，關於剛才發生的事情有很多地方得要向少年說明。

然而……。

「……有話，待會說……」

尤里打斷了她的辯解。不過，他的情況似乎有一些不對。臉色蒼白、呼吸急促、眼神渙散……很明顯不是正常的狀態。

「尤、尤里，你沒事吧……？」

「……別說話……妳聽好……13號……本……235……紅……蛋……」

「咦、你、說什麼……？」

從少年口中流露出來的，只有幾個斷斷續續如同胡言亂語的字彙。

奧拉有一種非常不好的預感。

「喂，尤里，你沒事吧？喂!?」

奧拉試圖壓抑心中的不安，極力呼喚他的名字。但是少年似乎沒有回答的意思。他並不是不理會奧拉，而是連她的聲音都聽不見了。少年就這麼複述了幾段零碎的指示，並在最後以幾乎聽不見的音量說了一句「對不起」……突然雙膝一軟跪倒下去。

「呀……!?」

奧拉在少年摔倒的同時也被拋向地面。不過，撞在地面上的疼痛對現在的她來說已經無所謂了。奧拉跑向倒臥在地的少年，將他的身體抱了起來。

「尤里！喂，尤里!!」

她死命的呼喚，但還是沒有回應。失去意識的少年臉色蒼白，臉上的表情依然痛苦，怎麼看都不單純只是因為疲勞造成的。

這時候，奧拉忽然想到一件事。

「你是不是暈了啊？」——史溫曾經對尤里提過這樣的事情。那時候她以為對方只是在嘲笑少年走路搖搖晃晃。不過，如果那句話所表達的就是字面上的意思——

「該不會是……『迷界暈』……？」

在想到這個可能性的一瞬間，奧拉感到一陣椎心之痛。

如果真是這樣的話，那就是我害的——尤里曾經說過，他是為了治療迷界瘋才改變旅程的；反過來說，這代表他只能在沒有順應迷界的狀態下前進。他在這種狀態下還在那片環境惡劣的冰原上持續行走，進一步承受重度疲勞與營養不良的雙重影響，才會引發症狀。

只要冷靜下來仔細觀察，其實這是非常理所當然的結果。儘管如此，自己卻直到剛才都完全沒想過這種事，不管什麼時候腦中都只有自己。她怎麼會這麼自私，又這麼無能呀？

「怎、怎麼辦，我該怎麼辦才好……尤里……」

奧拉瞬間覺得噁心到想吐，但還是向少年求助。不過當然沒有得到任何回應。即便如此，她也只能夠繼續依賴少年。

沒錯，反正她只是一個任人擺布的洋娃娃。一個沒有能力獨自做任何事的傀儡。如此自私又無能的自己，根本不可能打破眼前的困境。

如今已經無計可施，奧拉只能沉浸在無力感中。看破一切，閉上眼睛——這是她唯一知道的生存方針。她只知道這種生活方式。所以，這回奧拉也閉上了眼睛。她在心中對少年道歉並告訴他，至少自己也會跟著死在這裡。

……就在這個時候。

「……奧……奧、拉……」

「尤里!?」

突然傳來微弱的聲音，讓奧拉驚訝地張開眼睛。她原本以為少年自行甦醒過來了……不過，她猜錯了。少年的眼睛空洞無神，他的視線在虛空中徘徊。剛才的聲音不過是無意義的胡言亂語。

果然迷界並沒有奇蹟。奧拉失魂落魄的低下頭去……不過在這個時刻，少年的嘴唇再度動了起來。

「……放心吧，奧拉……我……絕對……會守護妳的……」

奧拉不由自主的張大了眼睛。當然，這句話跟剛才一樣都是胡言亂語，是在臨終幻覺驅使下而發出的無意義語彙。然而即使如此，有一件事情是真實的——儘管身受迷界暈的侵害，甚至失去了意識，少年還是想要保護她。

看到少年這模樣，奧拉緊咬嘴唇直到咬出了鮮血。

啊啊……我到底在做什麼呀，我。

「振作點，奈莉亞!!」

奧拉使勁拍打自己的臉頰。

都到了這個關頭，自己還是只能夠依賴別人，自己還是脆弱到馬上放棄，真的很討厭，好想現在立刻往自己的脖子一抹一死了之……可是，那是之後的事。自己微不足道的生死，才是最無關緊要的小事。沒錯，自責、反省、後悔、感傷，這些都可以之後再想。現在該做的只有一件事……就是去救這個極度虛弱的少年。

就算這身軀殼跟無能的洋娃娃一樣，至少也要掙扎到破碎為止。

奧拉再次睜開眼睛並死命思考。她只是一個無力的少女……不過，她是一直觀察著真正的冒險者背影過來的。所以她應該考慮的不是「如果是我的話會怎麼做？」而是「如果是他的話會怎麼做？」。

而停留在她眼前的答案，是少年一直在背的背包——儘管在剛才的戰鬥中他把幾乎所有的行李都丟下了，不過就只有這個袋子在他們逃離的時候依然被少年死命保護著。

仔細回想，少年並非單靠自己的肉體就克服了困境。他為了驅散野獸會生火，為了抵禦寒冷會穿衣服，為了橫渡懸崖會使用繩索。正因少年是沒有牙齒、沒有毛皮、也沒有翅膀的人類，他才總是巧妙的使用工具，也為此做了許多細緻到令人煩躁的事前準備工作。

如果是這樣的話，這個背包裡頭說不定會有治療迷界暈的藥物。

奧拉滿懷期待的將手伸向背包……但她的寄望很快轉變為沮喪。

「這是……」

裝在袋子裡面的，不是藥物、食糧或水……只有一捆堆積如山的筆記本，就是她出發前看過的那些東西。

這麼說來，她曾經聽說，冒險日誌是冒險者的一切。對於欲望強烈到被稱為「棺材推銷員」的他而言，記滿高價情報的這些筆記本應該就是最優先保護的寶物。不過遺憾的是，不管財寶有多少在目前的情況下都派不上用場，果然還是只能尋找其他辦法……。

正當奧拉如此思考的時候，她突然察覺到某件事。

在她抽出來的某個筆記本一角，寫了小小的數字「21」。這可能是少年給每個筆記本編訂的號碼。當然這種行為本身並沒有什麼特別好說的。只不過，當奧拉看到這個數字的時候，腦海中浮現的是少年在失去意識之前留下的那段話。

「這個數字……」

如果「13號」、「本」、「235」、「紅」、「蛋」……這些斷斷續續的胡言亂語，真的有什麼意義的話呢？

奧拉壓制自己的急促心跳，在堆積如山的筆記本中翻找。69、154、9、32，再來是……13號。她渾然忘我的翻閱這個被編訂了這個號碼的筆記本。233、234、235——就是這裡。

她用顫抖的手指找到了235頁，上面畫了一幅名為「雷維納」的界相地圖，應該就是指這個地方了。在這幅無法想像是手繪出來的地圖上面，詳細描繪了危險野獸的地盤、安全的水源所在、容易崩塌的懸崖位置以及可供食用的野草群集地等各種生存必備情報。

而在這幅地圖當中，只有一個地方被畫了一個紅圈。

「『謝里法河』……？」

這個地方有一條河流標注了這個名字，河的中間則畫了一條名為「紅花鱒」的魚類素描。

這真的會是突破現狀的關鍵嗎？說到底，少年的那些喃喃自語本身會是在清醒的狀態下說出來的嗎？她當然沒有任何確實的證據。不過就算如此，只要那裡有一絲生存的可能性……那麼就跟少年一直以來的做法一樣，她除了前進以外也沒有別的選項。

「請你放心，尤里。我一定、會救你的……！」

於是奧拉開始移動……不過，這段路途並沒有那麼好走。

她要去的地方是自己第一次到訪的未知界相，這片未開墾的樹林充斥深不可測的威脅。

透過樹木的空隙緊盯自己的野獸、在樹上交錯飛舞的奇怪昆蟲、綻放鮮豔色彩的植物……眼前的一切都是未知，也無法預測何者、何時、何事會引爆致命的危機。先前，這些事情尤里都會告訴她。他會選擇安全的路線、遠離凶猛的野獸、剷除麻煩的植物，守護她免於一切有害的危險。

不過現在，她無法再依賴那個少年了。因此她能夠做的事情，也就只有對一切感到害怕而已。每當聽到遠方野獸嚎叫，身體就會縮成一團；每當有羽蟲在附近飛過，心臟就會凍結不動。在不知道哪個泉水是安全的，哪些果實是有毒的情況下，甚至連休息都成了奢望。

——原來森林是如此的遼闊。

——原來山嶺是如此的險峻。

——原來黑暗是如此的深邃。

在孤身一人之後，她才第一次認識到迷界的真實面貌。

不過，奧拉沒有打算回頭。每當感到害怕時，她就深刻體認到少年在先前是多麼努力守護自己，而每一次都讓她更加堅定了這樣的念頭：

這回，換我來幫少年的忙了。

就這樣，在這段漫長的路途終點，她花了五個小時抵達了目的地。

「太好了，是河流……！我們到了喔，尤里！」

在穿過樹木茂密的山林之後，眼前出現了一條寬廣的溪流。這應該就是記載在筆記本上的謝里法河。

奧拉讓陷入昏睡狀態的少年橫躺在樹蔭下，並急忙向河流走去。接下來只要能夠捕到名為紅花鱒的魚，一定就可以救他。

不過，這才是最大的難題。

「捕魚」用嘴巴說很簡單，不過說到底，她沒有可用來完成這個目標的工具。先前在「希萊尼亞」是運用事先將籠子形狀的陷阱沉入水中的方法來捕魚的。可是，製作這種陷阱所必備的技術、材料和時間，現在的她一樣也沒有。要去尋找材質適合精細加工的樹木，把它其加工成細條形狀，再將這些木條編織成適當大小的籠子……自己一個人做不知道要花多少時間，根本不可能來得及。

這樣一來，她就只剩下最原始的方法可用。

奧拉從少年懷中借了一把刀，就這麼直接走進溪流。

（嗚……好冰……！）

這是她的第一個感想。

謝里法河的水溫低到跟冰差不多，河底的粗糙岩石刺著她的腳。由於河床都是不固定的卵石，因此要保持平衡也很困難，而且水流的速度遠比在河邊看的時候還要快。這條河川與平靜的納爾基斯湖完全不同，彷彿像是一頭不斷向她示威的猛獸。雖然幸運的是水深只有及腰，不過光憑這一點就足以讓人類溺水，只要腳一滑，這個故事就結束了。

在這樣的急流當中，奧拉死命的找魚。

魚喜歡藏在岩石陰影下水流減慢的地方。如果陽光反射太刺眼的話，可以運用自己的影子來探查——她能仰賴的，只有少年閒聊時告訴自己的知識。而這樣一來……她就找到了，比自己所想像的還要簡單。

這條魚正在溪流中緩慢游動，有一條鮮豔的紅色背鰭——全長大約在二、三十公分左右吧？這條比她的預期還要大得多的魚，正是她一直在尋找的紅花鱒。可能因為現在是產季的關係，只要細心觀察就能在河中各處看見牠們的身影。

（既然有這麼多……！）

她鎖定了一條近在咫尺的魚，使勁揮下手中的刀。但那條紅花鱒巧妙地閃過了刀鋒。

沒關係，還有很多機會。

她從一開始就不認為自己會一次搞定。她要做的只是不停重複揮刀，直到捕獲的那一刻。奧拉懷著堅定的決心，一個勁的追逐著魚……然而，這種「只要不放棄終究會成功」的想法，正是她過度自信的地方。

五分鐘過去了、三十分鐘過了，一個小時也經過了，她的刀還沒有擦過魚身一次。不管她怎麼用力揮刀，魚群都彷彿在嘲笑她一般輕鬆躲開。她白白流失了時間和體力，卻沒有得到任何成果。

這是一個非常理所當然的結果。這些魚並不是專門獻給她的食物。每一條魚都是字面意義上的「拚命」生存。在自然界當中「以命相搏」是理所當然，並不值得大驚小怪。不管在哪裡都不會有生物好到願意讓不成熟的她捕獲。

弱者沒有獲取任何東西的資格——這就是大自然的規則。

這樣下去會來不及的。奧拉焦急地咬著嘴唇。該怎麼辦才好？要怎麼做才能救那個少年？她越來越焦急，頭腦無法冷靜思考。

就在這個時候。

突然有一道黑影掠過奧拉的視野角落。在奧拉迅速轉頭回望的那一瞬間——她的呼吸停住了。

在距離自己大約十五公尺的下游對岸，有一頭巨大的野獸。牠是一種外型像熊的四足哺乳類動物，表面呈現昏暗光澤的銳利腳爪，如實表明這種野獸是一種肉食動物。

自己怎麼會這麼失敗呢，因為過度專注在紅花鱒身上，結果沒有察覺到牠的氣息。

那頭野獸沒有理會不停顫抖的奧拉，緩緩的踏入河中。搞不好，對方沒有注意到這裡也說不定。奧拉以不引起對方注意的姿態慢慢的離開河流……不過，已經來不及了。因她的動作而產生的水波，映入了敏感的野獸眼簾當中。而那對獸眼，也就很理所當然的往奧拉這邊看。

我會被殺掉——奧拉的心臟激烈的跳動著。

在遭遇野獸的時候，不要轉移視線，以慢慢後退的姿態逃跑——少年曾經有好幾次這麼教導她。可是，一旦真的面對面，她就體認到這種對應方法不過是紙上談兵。被恐懼限縮的手腳連一公厘都動不了，理性完全派不上用場，奧拉只能呆呆的站在原地不動。

而與她對峙的野獸，則是緊盯著動彈不得的她……突然轉開了視線。

（咦……？）

野獸似乎完全對她失去了興趣，牠沒有理會奧拉並在河中拍打出水花捕捉食物。

對她來說，對方是頭不明真身的野獸；而對於那頭野獸來說，人類也是未知的獸類，而且還是一個超過一點五公尺、相當大型的哺乳類動物。只要牠沒有非常飢餓，應該就不會刻意冒險對人類發動攻擊。

雖然不是很清楚理由，不過自己得救了——奧拉鬆了一口氣，接著她開始以避免刺激野獸的姿態，慢慢從河中撤退。有一段時間她以為已經沒救了，不過看樣子自己的運氣似乎還不錯。

但就在這個時候，奧拉耳邊突然傳來一聲「啪噠」巨響。她不由自主的將視線移過去，正好看到剛才那隻態型野獸用牠的巨大手臂捕魚。而且還不是只抓一條或兩條魚而已，牠接二連三地捕魚並將這些魚扔往岸邊。其狩獵技巧之精湛甚至可以稱得上是一種美學了……不過，吸引奧拉目光的，並不是牠的狩獵英姿。

那些被扔到河岸還在活跳跳的魚，毫無疑問正是紅花鱒。

——不要鬧，妳在想什麼傻事？

奧拉連忙使勁打消自己看到那幅光景之後油然而生的念頭。

自己的命好不容易才得救，白費這份幸運是要做什麼？剛才只不過是運氣偶然跟自己站在同一邊罷了，絕對沒有下一次。這麼傻的想法要割捨掉，要優先去想別的方法——她的理性如此大聲吶喊。

然而在另一方面，她心知肚明。

「其他方法」，其實這種好事並不存在。自己不論是智慧跟技術都不夠，就算花上再多天也不可能捕獲紅花鱒。

在這種情況下，為了救那個少年還是必須要得到魚……那麼不就只有一個方法了嗎？

她正在後退的腳步，突然停住了。

接下來發生了一件非常不得了的事——少女對著野獸開口了。

「我說……那些獵物，就給我吧。」

在她顫聲發話的那一瞬間，野獸的眼睛毫不延遲，直直盯向少女。

先前牠之所以讓奧拉逃走，是因為這個人類沒有干涉的意思，所以牠不過只是避免無意義的敵對而已。然而現在，這個少女已經明確表現出干涉的意圖。既然如此……為了生存，野獸只會採取一種行動。

瀕臨破裂邊緣的氣氛，緊張到令人不住冷顫——當奧拉察覺到這是源自於咆哮的時候，野獸已經露出了巨大的獠牙。

牠舉起雙臂，用後腳站立起來，擺出一副讓自己的身體擴張到最大極限的姿勢……這是明顯的威嚇行為，是將她視為敵對者的佐證。

面對這股野性的氣魄，奧拉從骨子裡感受到震撼。

好可怕、好可怕、好可怕——她全身起了雞皮疙瘩，心臟感受到一陣快被壓爆的痛苦，本能正全力的在叫她快跑。野獸所釋放的壓倒性純粹殺意，甚至輕易凌駕了那隻艾諾希蓋歐斯。

不對，這也是理所當然的吧。對於絕對強者亞龍而言，那些動作不過就是相當於隨意抓些東西當點心吃掉的瑣碎行為，牠對捕食對象不會產生一絲興趣。但是，這頭野獸不一樣。現在，這個瞬間，牠只想殺死站在眼前的自己。光憑這份殺意的濃度，就足以讓自己覺得肺部快被壓爛了，完全等同於牠直接在自己耳邊大吼「我要殺了妳」一樣，不可能不害怕。

可是……。

「喂，只要一條就好了。我只要這樣就好，就給我吧……」

奧拉依然沒有逃跑的意思。

她是恐懼，也在害怕。其實她現在就很想馬上跑掉。

但是她之所以沒有這麼做，是因為還有比眼前的野獸更可怕的事。自己的背上，現在，正承擔著尤里的生命。

背負他人的生命……這是多麼重要的責任啊。直到現在，奧拉才首度理解少年在冰原上行走時的痛苦。

擔負這份重責，穿越無盡的冰原……她總算明白，這是多麼困難的事。當然，她並沒有那麼強大。不過就算這樣，哪怕只有他所走過的無數步伐當中的一小步也好，只要能夠擠出足夠的勇氣走出那一小步，說不定就可以救到少年了。

這樣的話……為了那一步，就值得賭上生命了——！

「交給我——!!」

奧拉用丹田的力量大聲叫喊，同時舉刀在她的頭上揮舞。於此同時，野獸也殘忍的舉起利爪，接著毫不留情地朝少女飛撲而去——就在這個時候，森林深處傳來了尖銳的「嗚~嗚~」叫聲。奧拉仔細一看，有幾頭小熊從樹木的空隙中露出臉來，看起來是那頭野獸的孩子。

小熊們不停的叫著，好像在呼喚湖邊的母親。野獸在聽到牠們的叫聲後瞬間停止不動……然後僅僅叼了一條魚就朝森林的方向離開了。只留下全身僵硬在原地的奧拉一個人，以及充溢四周的河水潺潺聲。

——得救了。

在野獸的身影消失之後又過了好幾秒，奧拉才總算回想起呼吸的方式。

她冷靜下來開始回想，自己竟然做了那麼恐怖的事情，這讓奧拉至今仍然全身顫抖不停。

假設同樣的行動她做了一百次，想必接下來九十九次都會被殺掉。

不過，現在不是為自己的幸運感到高興的時候。奧拉往熊所遺留的紅花鱒方向跑過去，用雙手把紅花鱒緊緊抱住再來到少年身邊。

「這個……是卵、對吧。」

雖然是第一次要進行的作業，不過沒有時間猶豫了。奧拉用刀子剖開紅花鱒鼓脹的腹部，為薄膜所覆蓋的卵塊大量並列於其中。這些跟背鰭一樣紅的卵，就跟寶石一般的美麗。

這樣一來她就確實得到了卵，剩下來的問題就是如何處理它。奧拉再次翻開筆記本，結果，她無意間看到了一段先前沒有發現的潦草筆跡。

「生食」——在紅花鱒的素描旁確邊實記錄了這兩個字。當然她無法判定真偽……不過現在只能相信他的筆記本了。

「尤里，是卵哦！來，吃吧！」

奧拉將卵夾起來送到少年嘴邊，並如此對自己勸說：

沒問題的，他只要吃了這東西一定就會好起來的。迷界量會治好，他會恢復精神的。

但是……。

「……咳、咳……！」

少年的吞咽能力似乎下降，無法將卵吞下去。她已經把卵塞進他口中好幾次，但他都會激烈咳嗽將它吐出來。

「求求你，吃下去！算我拜託你……！」

她的懇求聲似乎也沒有傳入他的耳中吧。意識朦朧的少年只是一直在痛苦的喘息。……這樣下去，他撐不了多久。

既然這樣，還有一個方法。

奧拉將卵含在自己的口中……並輕輕的吻上少年的嘴唇。

「唔！……唔嗯……」

少年試圖用舌頭吐出口中的異物，她用舌尖強行將他的舌頭壓制住，並將卵連同自己的唾液送入他的口中。就這樣，少年終於咕嘟一聲把它們都吞下去了。

「呼哈！……就是這樣，請你加油……！」

奧拉如此鼓勵少年，並不停透過口對口的方式餵他吃卵。

這麼做是不是真的有效果，要讓他吃多少才可以，其實奧拉完全都不知道。

不過她還是努力的繼續下去，因為自己只能這麼做。

當她就這麼準備要餵第七顆卵的時候，少年的手突然按住了奧拉的肩膀。

「……喂，這樣下去我會先窒息死掉……」

「尤、尤里……！」

他的聲音依然微弱，彷彿隨時都會聽不見。不過少年確實醒了過來——感動至極的奧拉，忍不住緊緊抱住了他的身體。

「太好了，真是太好了～!!」

「唔……！就、就說了，很難受……」

「啊！對、對不起，我、不小心……！」

看著奧拉慌張的樣子，少年似乎有些無奈地聳了聳肩，說：

「總而言之……可以給我一杯水嗎？」

——……

——……

這天晚上。

在溫暖的營火旁邊，尤里享用遲來的晚餐。

營火上面是一盅滋養滿點的漁夫鍋，鍋中放滿了紅花鱒的切片和剛採下來的新鮮蘑菇。

「呼～復活了啊……」

尤里把自己追加的第三碗吃完以後，呼了一口氣。他的臉頰已經回復到相當的紅潤。

應該說，奧拉的臉色反倒還比較蒼白。

「請問，尤里，你真的沒事嗎……？」

奧拉擔心的如此問道，尤里則笑著對她回答：

「就說了，我已經沒事啦。這已經是第幾次回答了啊……果然妳這個人，還真是令人意外的愛操心嘛。」

雖然他一笑置之，不過奧拉卻不高興的皺起了眉頭來。

「這都是因為要讓人操心的尤里你不對吧……」

「唔！這個、嘛……無言以對……」

尤里不好意思的搔了搔臉頰，可能被這麼一講就無話反駁了吧？

「話說回來，我真的已經沒事了。先前我可能提過，迷界暈有幾種處理的方法，其中一種叫『同調法』……是一種把異界的生物吞進體內以取得均衡的方法。在妳捕來給我吃的紅花鱒卵當中，有絕大部分會有一種名為『偽裝線蟲』的寄生蟲棲息。這種蟲在人類體內大約三個小時就會死去，卻是一種貴重的迷界暈特效藥。」

少年說明到這裡便聳了聳肩，又繼續開口：

「不過嘛，沒想到妳竟然是從帶著小熊的烏爾蘇斯熊手上搶過來的，我嚇了好大一跳。要我的話就算給我一百萬枚金幣我也不幹喔。」

「因、因為、那時候我就是拚命的……」

奧拉急忙辯解，不過她很快就發現少年一直在笑。

「哈哈，開玩笑的啦……多虧有妳，我才撿回一命，謝謝妳，奧拉。」

光是看著他那副溫柔的笑容，奧拉就覺得自己賭命有了回饋，他能夠得救真的是太好了，她發自內心這麼覺得。

……不過，她很明白少年還沒有把這段話說完。

「……不對，應該要叫妳『奈莉亞』吧。」

少年口中說的，是史溫在那場襲擊中叫出來的名字。當然，奧拉知道他不會再進一步追問；如果她什麼都不說，想必這段旅程還是可以跟先前一樣繼續下去……不過，她已經不想再隱瞞了。

「……是的，沒錯。我真正的名字是奈莉亞……奈莉亞．斯坦普魯格。」

沒錯，名叫「奧拉」的少女打從一開始就不存在。她正是兩人原本在尋找的那位大小姐本人。

尤里知道了這個真相……不過，他只是「呼～」出一聲，輕輕的嘆了口氣。

「算啦，老實說我早就猜到是這樣了。如果是一般的鎮上姑娘，至少會把肉丸捏得好看一點。」

身為一個不走正路的救援者，尤里早就習慣委託人有別的內情了。所以他完全不會去問對方「為什麼要特意說這種假話？」——離家出走的斯坦普魯格商會大小姐想要偷偷前往迷界？這種奇妙的委託，只要是腦子還正常的冒險者都絕對不可能去接。好一點就是禮貌性的拒絕，不好一點就是上報那位斯坦普魯格的當家以求報酬，最不好的情況就是把她抓來當人質作為勒索金錢的道具。就某種意義上來說，說假話才是理所當然。

所以尤里沒有責備她的意思。只不過，有一件事情他必須要確認。

「——為了死而來這裡，這個部分……並不是假話吧？」

面對這個問題，奧拉堅定地點頭。

「沒錯，確實如此。在母親已經去世的今天，我在父親掌控下的那座宅邸已經沒有立身之處了。從此以後，我大概都會被要求活得像父親的傀儡一樣吧。我並沒有反抗那種事情的力量。

所以，至少……只有死亡這件事，我想自己選擇，就是在母親所愛的、全世界最美麗的樹所在的羅格斯尼亞。」

奧拉的回答就只有這樣而已。不過，這當中所蘊含的決心相當明確……尤里有些感傷的喃喃低語：

「……這樣啊，如果這些話也是假的就好嘍……」

「很抱歉我騙了你……啊，不過請你放心。我會好好支付報酬的。雖然是母親遺留給我的戒指，不過我已經事先安排好已經送到你那裡了……」

尤里打斷了奧拉的話語。

「不對，我不是這個意思。」

「咦……？那麼，你的意思是？」

「喂喂，妳還不明白啊？就是很正常的討厭這樣的意思。」

「……？」

「就、就是說……我不希望妳死。」

奧拉聽了這個回答，張大眼睛表達不解。

「為什麼，你會這麼說……？」

奧拉一臉不可思議的將頭歪向一邊。不過尤里也做出了相同的動作。

「還為什麼咧……？這是當然的吧？我們是一直一起旅行過來的，會有感情，也很正常……話說回來，妳有立場問這種話嗎？」

「咦……？」

「喂喂，妳是忘了喔？剛才妳不是還賭命救我。」

「啊……」

經他這樣一說，或許真的是這樣也說不定。

那時候她就只是拚命而已。她不希望少年死去。失去他，遠遠比那頭野獸還要可怕得多。

如果現在，他也是懷有相同的心思……。

「……這樣呀，我不希望你死……你也不希望我死……原來是這樣呀……」

奧拉反覆說道，細細品味如此理所當然的事實。

原來有人願意這麼關心自己，而自己也有一個願意去這麼關心的人。光是這樣為什麼就能讓心中變得如此溫暖呢？奧拉緊擁胸口，像是要將這種不可思議的溫暖緊緊抱在懷中。

少年看著這樣的她，提出了某項建議。

「我說，妳試著逃出來看看怎樣？從妳的家逃出來，從妳父親那裡逃出來，一切妳討厭的事情，妳都可以逃開，到某個遙遠的地方去自由生活。」

「自由、生活……？」

奧拉張大眼睛呆望著少年，少年對她點頭說了一聲「沒錯」，並繼續說：

「從現在開始，所有的事情都由自己決定。不管是起床時間、穿的衣服、吃的東西、工作、朋友、還是情人，全部都由自己選擇。如果妳想要的話，甚至真的開一家花店也行，妳就是有這種權利。沒什麼啦，妳都已經跟那頭烏爾蘇斯熊幹過架了，跟那種事情比起來，妳還有什麼不可以做的？」

「這麼夢幻的事，我可以……？」

「是啊，妳可以的。」

尤里露出溫暖的微笑，奧拉的眼睛頓時閃閃發光，簡直就跟一個剛收到生日禮物的孩子一樣……不過，她的笑容很快轉成了困惑的表情。

「可、可是要怎麼辦才好呢，我、開始傷腦筋了……。」

「怎、怎麼了……？」

「因為，我不知道要做什麼才好啦！」

奧拉這麼說，一臉非常正經的在傷腦筋的樣子。

尤里看到這樣的她，嘻嘻笑著說道。

「做什麼都行啊，傷這種腦筋幹嘛。」

「就算你這麼說……」

奧拉認真的沉思著，就在這時候她突然想到了某件事。

「嗯……啊，對了！不然的話請告訴我當作參考好了，請問尤里為什麼要當救援者呢？」

「咦？……這、這當然是為了賺錢啊！畢竟在這個世界金錢就是一切！」

少年以一如往常的語氣這麼回答……不過，奧拉對這個回答並不滿意。

「唔……你騙人。」

「啥？妳、妳在說什麼啊，是真的啊！探索迷界可是很花錢喔？像是出發前的預防接種費用，還有門的維持管理稅，裝備基本上都是要特別訂製四處搜集的，還要時常把各個界相的最新情報都要買齊。全部合計起來每次都要噴掉相當多的錢。懂嗎？妳明白了吧？」

少年試圖說服，不過奧拉越來越生氣了。

「你果然還是在騙人。因為這麼說、不就很奇怪嗎。因為要潛入迷界所以需要錢，然後為了賺那個錢又要潛入迷界，完全就是本末倒置了。既然這樣，只要一開始不去迷界就好了呀？」

「唔！」

這句意外的吐槽讓尤里落居下風。趁此機會，奧拉又說了一句話作為最後一擊：

「而且、尤里的筆記本，我已經看過了。」

那時候她翻開筆記本尋找治療的提示，發現每一頁記錄的都是如何保護遇難者的情報，少年所謂的「高價的情報」連一條都沒有。或者說白了，如果只是想賺錢的話，大可不用去幹救援者這一行，只要當一個普通的冒險者就可以了。

刻意承受「棺材推銷員」的汙名依然繼續從事救援者的工作，必定有相應的理由才對。

「不過呢，如果你不想把真相告訴我這種人也沒關係啦。」

「唔……也、也不是這樣……」

奧拉嘟著嘴唇鬧起了脾氣，而少年也就這麼輕易上當，心不甘情不願的開始坦誠相告：

「我、我知道了……不過，妳可別笑喔？……這是在我小時候發生的事了，我曾經在迷界被救援者救過。」

「原來如此原來如此，然後呢？」

「呃，因為那個時候的救援者太帥了……我也希望能像人家那樣……可是，在迷界探險很花錢，無奈之下我只好把錢收到不讓遇難者破產的程度，不知從什麼時候開始就被大家稱為『棺材推銷員』了……」

少年吞吞吐吐的透露了自己不為人知的過去。奧拉在聽到這些話之後……眼睛睜得更圓了。

「因為小時候很仰慕救援者，所以希望能跟他們一樣」？啊啊，怎麼會、怎麼會——有這麼單純的理由呀？

當然她沒有嘲笑的意思，也發自內心認為這是一個很美妙的動機。追隨自己年幼時期憧憬的事物，只要是男孩子都會做過這樣的夢想吧？但是……投注龐大的金錢，甘冒諸多危險，事實上也真的好幾次差點喪命，到最後還被眾人當「棺材推銷員」鄙視——儘管如此還是為了救援他人而潛入迷界。奧拉忍不住覺得這樣的生活方式不管怎麼看都很笨拙。在戰鬥、料理、探索等各方面都應該很靈巧純熟的他，卻只有在生活方式這一點上跟小孩子一樣遜到不行。

這種甚至已經呆到很老實的笨拙，到底應該怎麼形容呢？坦誠？樸實？純潔無暇？不對，一定不是這些詞彙……奧拉在這個時候，才總算明白了涅茲米那句話的意思。

「原來如此……『超級大傻瓜』，是這個意思……」

「妳！這、這話說得太過分了！所以我才不想說啊！」

看樣子尤里也有自覺，只見他滿臉通紅表情不悅。奧拉覺得他那個樣子很好笑，不禁嘻嘻笑出聲來；就在這個時候，她突然想到一件事。

如果奉獻一生的理由可以這麼單純的話……她也有一件、想要做的事。

「……對了，食譜……」

「嗯？妳說什麼？」

「料理的食譜，你可以教我寫嗎？如果可以自由生活的話，我、想開一家餐廳！」

在橫渡艾諾希蓋歐斯海峽，第一次感受到死亡如此接近的那一天，少年煮給自己吃的粥好吃到沁人心脾。如果自己能親手煮出那一鍋粥，那會是多麼美好的事啊。

沒錯，如果單純的憧憬就可以成為潛入迷界的理由……那麼她活下去的理由，一定也可以這麼簡單才對。

看著少女閃閃發光的眼神，尤里不禁微笑著說：

「哈哈！好啊。只不過，我做的菜可是迷界料理，妳想學的話也要把獲取食材的方法一起學起來喔？」

「我、我就是這麼想的！」

就這樣，尤里在星空下把自己知道的料理一道一道的教給奧拉。從肉料理、魚料理、油炸菜餚、到蒸煮餐點，從主菜到點心，奧拉對這一切都表現出極大的興趣，對少年的每一句話都發出「嗯嗯」聲響表示附和。她完全就跟一個正在聆聽自己最喜歡的童話故事的小女生一樣，以發自內心的喜悅之情傾聽少年的話語。

等到她有所察覺的時候，夜也已經深了。

「——就這樣，等到稍微煮滾的時候就要調味。我是建議加一點柯夏籽……妳可以吃辣嗎，奧拉？」

順著話題如此詢問的少年，驚覺不對忽然閉口，一會之後才又說下去：

「哎呀，抱歉抱歉。不是奧拉，是奈莉亞才對吧。」

就算早就知道是假名字，也沒有那麼簡單就可以輕易更正。

然而，奧拉搖了搖頭：

「沒關係，請繼續叫我奧拉吧……不對，繼續叫奧拉就好！」

「這樣好嗎？」

「是的。『奧拉』這個名字，是我的母親幫我取的小名。只有我們兩人在的時候，母親都會叫我奧拉。我也比較喜歡這個名字。」

「這樣啊，那我就這麼叫啦，奧拉。」

「好的，尤里！」

就這樣，互相呼喚對方名字的兩人都臉紅了……重新互相呼喚對方的名字，總感覺會讓人有些害羞。

「啊～呃，對了，妳口渴了吧？我泡杯紅茶給妳！」

「啊！這、這樣的話就讓我來吧——我想立刻實習！」

為了掩飾尷尬而泡的紅茶，兩人一起喝起來，體內彷彿自深處開始變得溫暖……這一定，不僅僅是因為紅茶的關係。

「嘻嘻，怎麼樣呢？我泡的紅茶、好不好喝？」

「嗯～算七十分吧。火候還有待加強。」

「唔～畢竟是第一次泡，幫我加點分數嘛～尤里真是壞心眼！」

「哈哈哈，別這麼說。我教妳一個泡好紅茶的必殺絕招，怎麼樣？」

「真的嗎？」

奧拉的眼睛再次閃閃發光。受到她的氣勢壓制的少年補充了一句「不過……」之後繼續說：

「等明天再說，好嗎？」

繼續這樣陪她下去就要熬通宵，這樣可就困擾了……畢竟，明天還是要繼續旅程的。

「天亮之後就要開始走返回路線了……一起回去吧，奧拉。」

「好的！」

如此回答的少女，表情已經沒有一絲陰影。

「我說，尤里。」

「嗯？」

「接委託的人是你，真的是太好了。」

這是一個毫無虛假，發自少女內心的笑容。

所以，尤里也回以微笑。

「是啊。」

兩人就這麼入睡了。

夜幕輕柔地將兩人包覆於其中，在他們四周僅有安寧的靜寂。尤里在這樣的昏睡當中，做了一個奇妙的夢。

奧拉露出溫柔的微笑，悄悄來到他的枕邊。尤里試圖起身，不過不知道為什麼渾身無力，思緒彷彿霧氣籠罩一般的朦朧，就連想出聲也做不到。

奧拉凝視著這個無法動彈的少年，靜靜的撫摸他的頭髮。既憐愛、又慈祥，母親也是這樣對待自己的愛子啊。接著奧拉突然彎下身來……溫柔的親吻了尤里。

——真的，幸好接委託的人是你——

尤里很想問，這句話是什麼意思。但他的身體還是動彈不得。就這樣，在未知是夢境抑或是現實的夜霧中，少年失去了意識。

——然後，迷界的朝陽再度升起。

尤里一醒來，就連忙環顧四周。

行李、風景、所有的一切都和昨晚一樣……不過，那個少女的身影卻不在任何地方。

是被野獸抓走了？還是昨天史溫那幫人幹的？不管怎麼樣，尤里恨自己疏忽了。就算在睡眠中也要讓某部分的意識保持警覺……對冒險者而言這是基本中的基本。儘管這樣，他竟然沉睡到連少女失蹤都沒有察覺，可不能拿自己剛病好這種事來當藉口。

然而就在這個時候，尤里突然想到了某件事並站起身來，接著伸手去拿奧拉昨晚泡剩下的紅茶。在茶葉的香氣中，帶著一絲非常微弱的草藥氣味——那是他曾在某一天於「艾納利亞」跟少女提過的催眠草香味。

沒錯，事已至此只有一個答案。會放這玩意的只有一個人……不對，其實就算沒這東西他也早就明白了，只是不願意承認而已。

尤里緊緊咬住了如今依然留有甜蜜觸感的嘴唇。

「為什麼……為什麼啊，奧拉——!?」

他的聲音，已經無法傳達給她了。

——……

——……

在蒼翠繁茂的森林中，奧拉一個人行走著。

她緊緊握著從少年那裡偷來的筆記本，以位於森林最深處的門為目標走去，在那道門的對面是她的目的地「羅格斯尼亞」，而在那裡……她將會死去。

這位親自前往死地的少女，沒有任何表情。因為對於接下來就要死的人而言，感情是沒有必要的。少女只是像機械一般一直邁步前進。

就在這個時候，前方的草木突然晃動起來。

從草叢中出現的，是一隻全身覆蓋深灰色毛皮的狼——席格獵狼。從只出現一隻的情況看起來，這應該是隻被群體驅逐的年輕雄狼。不過，即使對方沒有同伴也不代表自己就可以安全；應該說，這種被孤立的個體反而會變得更加凶暴。這件事情她已經從尤里口中聽過很多次了。如果要說有多危險的話……一個沒帶武器的女子一旦跟牠對峙就確實會被殺害，用這種比喻來說明牠的危險程度，應該就很容易懂了吧。

——在牠意外出現的時間點，少女的死亡就已經確定了。

不過，她內心某處卻感到一絲安慰。

啊啊，這樣就好了。

自己是為了死而來到這個迷界的。我帶著「自殺」這種不純的動機，魯莽踏入了這個不論是人、是獸、還是植物，大家有志一同掙扎求生的世界。這種行為就是愚弄生存在這裡的一切生命。

所以，這樣的自己並沒有活下去的價值。死亡是理所當然的報應，應該說如果不這樣反而沒道理。雖然她曾經奢望過「至少在最後一刻，能夠看著母親所愛的美麗之樹死去」，但這種卑劣女人的無聊願望，就算沒有實現也是理所當然，完全不會有任何不合理或不公平。

沒錯，所以，這樣就好了。

——這樣就好了——明明這樣才對，可是——

「……為什麼……？」

疑問從少女的唇邊流露出來。這個問題是對著無人的虛空發出的。

「──為什麼你會來……!?」

從林木深處，突然飛來一把短劍。它刺進了正準備躍身撲向少女的席格獵狼正前方地面上。狼在察覺到這個無聲的警告之後，夾著尾巴逃跑了……牠的本能知道，接下來要出現的對手是絕對無法匹敵的。

而在威脅離去之後，從樹蔭中出現的人，正是她現在最不想見到的少年。

「什麼為什麼，這是我的台詞吧？──為什麼，奧拉？昨天那些話並不是謊言，對不對？」

現身在她面前的少年──尤里直接發問。

昨晚見到她的笑容……或許這麼說可能很自戀，不過他敢斷言那是真的。她看到了明日的夢想，找到了活下去的希望，應該是這樣才對。儘管這樣，她現在又自尋死路，這不是很矛盾嗎？還是說……那些話全都是一場誤會？

少年的這個疑問，在某種意義上是對的，而在另一種意義上則是錯得很離譜。

「是的，尤里說得對，昨天的話並不是謊言。『自由生活』……光是想像這樣的未來，就讓我心潮澎湃，感覺既快樂、又歡喜、好幸福……真的，整個心境就好像做夢一般。」

「既然這樣──！」

「就是因為這樣。就算回到地上，我也根本不可能一直逃離父親。只要被帶回家裡頭，我就再也無法對抗父親了。因為，我就是弱呀。我知道自由的未來是不會到來的……我就是討厭這一點。多虧有你，讓我能夠做一個幸福的夢。因為這樣、正是因為這樣……我希望繼續懷著這個夢想死去……！」

自己是什麼樣的人，自己最清楚了。「我要自由生活」，就算帶著這份決心回到地上，只要看那位父親一眼，這樣的意志就會立刻崩潰。因為，一直都是這個樣子。十七年來如同詛咒般不斷侵蝕著她的束縛，早已深深刻進靈魂深處。她絕對不可能逃離父親的束縛。

所以她很清楚。只要回家，這個泡沫一般的美夢就會結束。今後等待她的會是作為籠中鳥的人生，就跟她的母親一樣。她會被圈養在一個不被允許有夢想的牢籠中，直到在不為人知的情況下默默死去。

既然這樣，我希望乾脆就懷著這份幸福且自由的夢想死去算了——這樣的想法，難道是一種罪嗎？

「……這樣啊，我知道了。」

面對少女的迫切呼喊，尤里只回答了這句話。

聽到這句話的奧拉低下頭去。他沒有阻止自己，這一點她真的很開心，可是另外一方面，看著他的身影離去其實很痛苦。即使這是自己所選擇的結局。

少年就這麼邁出步伐——將背包放在奧拉的背上讓她背起來。

「好啦，妳忘了這東西了，快點走嘍。」

尤里說完這句話就開始自顧自地快步前進，他的前進方向不是返回路線，而是通往羅格斯尼亞的門的方位。

「等、等一下!?你沒聽到嗎？我接下來就要去死了哦！」

「啊？我不就說，我知道了嗎？」

「那你為什麼……!?」

「因為，妳一個人去的話，在抵達羅格斯尼亞以前就會死了啊。」

尤里回答得如此理所當然。不過奧拉想說的不是這種事。她焦躁的搖搖頭，說：

「所以我的問題是，為什麼你還要來跟著我？我是為了死才在這裡的！我不想為了這種理由把你拖下水……!!」

這個世界上的所有生物都在拚命活下去。期望死亡的自己，對於迷界而言是異物、是不得赦免的罪人。更何況他是救援者，救命是他的工作，要自己去跟這個就算被眾人當成棺材推銷員鄙視卻依然幫助他人的純樸少年說：「請幫我死」，就算要侮辱他也該有一個限度吧。

沒錯，自己真的很差勁，欺騙他護衛自己，甚至連他要自己活下去的話語都背叛了，一直拿著自私的理由尋死，真的是一個差勁透頂的女人。這樣的自己沒有資格跟他共同走下去，也沒有足以讓他賭命的價值。把這個少年拖下水……對她來說這才是比死亡還要恐怖好幾百倍的事。

可是，就算聽到少女這樣的心意，少年還是若無其事的笑著說了：

「喂喂，妳在說什麼啦。妳是為了死才來迷界的？哈哈！那不是剛剛好嗎。」

「咦……？」

「每個人潛入迷界的理由各式各樣，有人想要錢、有人想要成名、有人則是希望享受刺激……很好啊，沒什麼不好。命是他們的，由他們決定就好。『尋找死亡之地』——啊啊，沒問題呀。人嘛，一輩子只能死一次，探尋最好的死亡之地可說是好上加好的理由了。」
尤里快活的將這段話說完，接著以認真的表情一直凝視著少女的眼睛。
「——不好意思啦。我把『活下去』講得那麼簡單，是很不負責任啊。其實比死還痛苦的事，要多少有多少……明明我這個在迷界活過來的人，應該是最清楚才對的。真的非常不好意思。」
只要是冒險者，都會理所當然的明白活下去的艱難。但是，將這份艱難硬是推給一個一直被關在黑暗鳥籠中的少女去承擔，這種做法真的很瘋狂。連希望的意義都沒有人告訴過她，是要她怎麼去對明日懷有期待呢？尤里對自己的膚淺感到厭惡，所以他完全沒有責怪少女的意思。如果死亡真的是她追求的唯一救贖，那麼任何人都沒有權利去阻止這樣的心意。
不過……。
「不過，假如妳對求死有罪惡感的話……就答應我一件事——妳在死亡的那個瞬間以前，都要認真活下去。絕對不要放棄，繼續掙扎到最後。」
尤里的眼睛直視著奧拉。這雙猶如照亮黑暗之燈火的火紅色眼瞳，就跟破曉時分的天色般溫柔得無邊無際……她以為從母親去世的那一個瞬間開始，願意這麼看自己的人就已經不存在於這個世界上了。然而在這個廣大無邊的迷界當中，少年的紅色眼瞳依然僅僅注視著她。只有在這雙眼瞳中，她才會覺得自己是真正自由的。
就是因為這樣吧？奧拉這麼想。
假如，有人願意見證這樣的自己走過這一趟無聊的死亡旅程……她希望那個人就是這個少年。

「好的……！」

奧拉這回是發自內心的點頭同意。

聽到這句回答的少年，說了一聲「好」，開朗的笑了。接著他就從懷中拿出了某樣東西。

「那麼，就用這個代替新的契約書吧。現在的妳，我就可以給了。」

少年交給她的這樣東西，是一把小小的手槍。它比奧拉的手掌還要小一圈，很難想像這把槍會是實用的武器……。

「這玩意名叫『女神的慈悲』——是一把自殺用的手槍。」

「……！為了、自殺用的……？」

「是的。迷界中有許多可怕的死法。拚命求生存的人還要遇上那麼痛苦的結局，不是很奇怪嗎？基於這個緣由，這玩意才會一直存在並作為救贖之用……我把這玩意交給妳了。所以，妳就盡全力活下去吧。活下去、活下去、活下去……死亡之地由妳自己決定。」

在被告知要活下去的同時，手上又收到了一件死亡的工具。雖然這東西只有巴掌大小，卻不知道為什麼感覺非常沉重。

「……我知道了，我在死以前會盡全力活下去。所以，請多多指教……直到那個時刻到來為止，尤里！」

「很好，那麼，我們就走嘍！」

就這樣，兩人開始邁步前進。

在他們前方聳立的是下一道門。

在門的另一面等候他們的是羅格斯尼亞。

是這趟旅程的目的地，也是母親所愛之樹所在的世界，更是……她赴死的地方。

就是因為這樣，她要抬起頭來。

推銷棺材的少年跟期望死亡的少女，共同踏向未知的領域。

第五章 ——「久遠之樹」——

這裡，是一個比先前見識過的任何界相都還要怪異的世界。
不是像「奇怪的野獸四處閒逛」，或是「植物跟動物性質顛倒」，這種類型的怪異。應該說完全反過來了……這個世界連一個物體都沒有。
沒有兇猛的野獸、沒有奇妙的樹木、沒有阻擋去路的岩壁、沒有清澈的流水，沒有太陽、月亮、雲、光，而且……連大地都沒有。
（——我、正在掉下去——!?）
在理解情況之前，奧拉的全身已經爬滿了雞皮疙瘩。「腳下沒有地面」，這代表自己正在空中；那麼比思考還要早烙印於身體的常識，會讓她覺得自己正在墜落……不過，這僅僅是她的錯覺。因為在這個界相當中，連「墜落」的必要條件——「重力」都不存在。
她現在，正漂浮在一個宛如宇宙空間的黑暗虛空之中。
如果要舉例說明的話，這裡就像是在水中，身體感受到的只有輕飄飄的浮游感覺。然而跟水不一樣的地方是，不管自己怎麼揮動手腳都完全沒有感受到任何抵抗，周圍只有純粹的「無」而已。
當奧拉理解到這一點的時候，她打從心底感到毛骨悚然。先前那種「正在掉下去」的錯覺，完全無法跟這種恐懼相提並論。打從出生以來，不論何時都環繞在自己身邊的就是「重力」法則，與此相伴的還有「下面」這個概念。這兩者的消失對她全身所帶來的衝擊是全面性的，等同於肉體的一部分被剝奪一般，甚至更加嚴重。

「哈啊……哈啊……哈啊……」

少女的呼吸自然就變得粗重起來，這可能是因為極度恐懼造成的。畢竟她的身體正處在不屬於這個世界的異界法則中，也不能怪她。然而，她也是克服了諸多試煉才來到這個地方，她很清楚最重要的是不論如何都要冷靜。為了鎮靜下來，奧拉試著去深呼吸……可是，有點不對勁。不管自己吸得多用力，呼吸完全沒有變得輕鬆些，一直吸一直吸都沒有把氧氣吸進肺裡面。

（這是、什麼情況……!?）

焦慮和動搖讓呼吸變得更加困難，身體熱到好像燒起來一樣，頭則像是被老虎鉗緊緊夾住一般的疼痛。尖銳的耳鳴、模糊的視野，接下來連思考都沒辦法了——就在下一個瞬間，她突然被拉向旁邊；隨後，她的呼吸就奇跡般變得輕鬆了。

「哈啊……哈啊……尤里？」

「沒問題，妳專注呼吸吧，有話等我們穩下來再說……哎呀，在這之前，妳倒過來的模樣是不太好看啦。」

不知在什麼時候出現在身旁的少年——尤里熟練的讓奧拉的身體在空中轉了半圈。雖然上下倒轉回來了，不過從奧拉的角度看來有沒有轉似乎都一樣。

「很好。那麼，妳要好好抓緊嘍。」

尤里一面下指示，一面從懷裡取出一把槍，然後將槍口朝向正上方……突然扣下扳機。
——剎那間，兩人的身體被一股力量使勁往槍口的反方向推了出去，這股力道讓他們變得跟子彈一樣飛快。而且，兩人的初速度完全沒有減慢。不對，還不是只有這樣而已，尤里繼續扣下扳機，第二發、第三發。每扣扳機一次都讓兩人不斷加速，飆速向下而去。在他們前方，可以看到一點一點亮著的朦朧光源。
這些光源一開始看起來，只像幾顆在夜空閃爍渺小如豆子一般的星星，隨著距離縮短越來越大。從豆子大小變成拳頭大小，從人類大小變成一間房子的大小，就這麼在轉瞬間大到了相當於一整座利伯塔斯城市的規模。不過，這樣一來就有一件事情需要擔心了。
「我、我們要撞到了……!!」
在奧拉發出慘叫的一瞬間，尤里開槍的方向也在這回改為朝下。結果，每開一槍兩人的速度就大幅減慢，最後他們的降落速度就跟羽毛一樣的輕柔。
就這樣，兩人輕飄飄的在泛著微光的大地上著陸。
「我、我還活著……？」
腳底感受到的，是一片上有柔軟的草覆蓋的地面的觸感。而且，雖然跟地上比起來非常微弱，不過身體確實感受到了重量。「下面」真實存在的安心感，讓奧拉鬆了一口氣。
「怎麼樣，穩下來了嗎？」
「對、對不起，我、我呼吸困難……」
「啊啊，這就不是妳的問題了。實際上氧氣就是很稀薄，特別在這個地方空氣不會對流，所以時常會被自己的呼氣弄到窒息。畢竟在這個叫羅格斯尼亞的界相，重量……重力是不存在的。」

奧拉總算明白了，果然是這麼一回事啊，不然的話自己也不可能在空中漂浮成那個樣子。

不過，她在這個時刻突然浮現了一個疑問。

「等一下，可是，我們現在站得很正常呀？」

雖然相當微弱，不過現在她的身體確實可以感受到重力。最明顯的證據，就是自己並沒有輕飄飄的飛到某個地方去。

她剛問完，尤里便指著地面，說：

「這就是託了底下這東西的福啦。我們就是被這東西所擁有的龐大質量吸引住了。不過嘛，跟地上的重力比起來的確是弱到沒辦法相提並論。」

「這樣啊……」

雖然說實話聽不太懂，不過奧拉還是先點點頭。而尤里也似乎沒打算要讓她完全理解。

「算了，細節不重要，總之我們前進吧。待在這麼開闊的地方很危險。」

少年說完這句話就聳了聳肩，突然伸手環繞到奧拉的腰間，就這麼一把將她抱起來。

「咦？哇哇哇啊，尤、尤里!?」

唐突的被當成公主摟抱，讓奧拉的臉頰染上紅暈。儘管她十分驚訝，但其實也有一點高興……不過，她很快就明白這不是那種浪漫的事情。

「我、我可以自己走的！」

「走？哈哈哈，沒那個必要。好啦，把嘴閉上，要走嘍？」

「咦……？」

少年就這麼彎下膝蓋，下一個瞬間，兩人以驚人的力道飛到空中。

「呀啊啊啊啊!!?」

兩人於飛行的同時劃出一道美麗的拋物線，將奧拉的慘叫聲拋諸腦後。他們在光亮的草原上輕盈跳躍，目的地是眼下的廣闊森林，一棵棵沒有葉子的淡粉紅色枯樹並列聳立。

兩人超乎預期的在這座奇妙色調的森林中優雅著陸。

「嘿嘿嘿，果然沒有重力就是輕鬆～」

「不是『輕鬆～』的問題好不好！我、我可是嚇到了呀!!」

奧拉握起拳頭來回捶打著那個心情正好的少年。不知道嚇到她的是那一段跟超級英雄同等級的大跳躍，還是被當成公主摟抱……總而言之先鎮靜下來吧。奧拉為了讓自己恢復平靜，將身體靠在樹上……不過，她的背感受到一種奇妙的觸感，以樹木的標準來說，「塌陷」的它軟到有些異樣了。

這、該不會是──？

奧拉戰戰兢兢的轉頭望去，臉上的表情僵住了。

這……不是樹。這些看起來像樹木的淡粉紅色物體，其實是軟綿綿的肉塊。

「咿……！」

「啊啊，這玩意是彼岸枕蠔……從分類上來說是一種貝類。這裡是牠們的聚居地。」

「貝類……嗎？那麼，牠們不會突然襲擊我們吧？」

「哈哈哈，沒問題啦。彼岸枕蠔是骨食性生物，只要我們活著就不會被牠們吃掉啦……妳看，牠們和這些玩意是同類。」

尤里指著地面這麼說。可是，在那裡生長的只有一片微微發亮的草，這亮光就跟不久之前自己看到的一樣。「這些玩意」到底是指什麼呢？奧拉歪頭思索了一會，察覺到某件事。仔細觀察，明明一點風都沒有，這些草卻似乎在蠕動……。

「該、該不會、這是……蟲……!?」

「是啊，這些是食骨星蟲……可以說是蚯蚓的表親吧？」

「嗯……」

奧拉慌慌張張的想要縮回自己的腳，可是她的周圍就是一整片食骨星蟲，根本沒有地方可以逃。尤里看著這位踮起腳尖筆直站立還欲哭無淚的少女，高聲大笑了起來。

「哈哈哈，臉不要那麼臭嘛。我們能夠像這樣呼吸，也是因為有這些玩意為我們製造氧氣的關係喔？不過嘛，要說壞處也是有……好啦，差不多要來了，別亂動唷？」

尤里又低聲說了一件令人不安的事情，並從背包裡拿出繩子。正當奧拉還在思索他要做什麼的時候……尤里突然開始把她的身體與彼岸枕蠔綁在一起。

「你、你在做什麼……!?」

「聽話，別亂動。妳也不想死吧？」

尤里一面安撫少女一面把她緊緊綁好，接著也將繩子綁在自己身上，就像是一個將自己的身體綁在桅杆上以防範大風暴來襲的水手一樣。

可是，在這個一點風都沒有的界相怎麼會有風暴……。

「要來嘍，腳用力站住！」

尤里在半信半疑的奧拉旁邊，緊緊抱住了彼岸枕蠔。他的神態完全就是認真的。奧拉連忙模仿少年的動作——一秒後，一陣突發的的強風洶湧襲向兩人。

「～～～!!」

奧拉的身體一被風吹就輕而易舉的向上飄起來，她忘掉了先前那份厭惡的感覺，不顧一切的將軟綿綿的肉質樹緊緊抱住。在她如此忍耐了差不多十秒鐘以後，風突然停止了，之後只有不變的寧靜。

「結、結束了嗎……？剛才那個、是什麼回事呢……？」

「是某種生物噴出來的風。那些東西會先讓幼體乘載於空氣中，再將空氣向外放出以擴張自身的分布範圍。怎麼說，這種風如果在地上的話頂多就是一陣小旋風的等級，不過我們現在的體重跟螞蟻差不多，如果不像這樣緊緊綁好很容易就會被吹走的。」

這裡是沒有重量的界相，是一個僅僅一躍就可以跳過好幾十公尺的世界。如果被風逮到的話，想必會如同字面意義一般的被吹到地面盡頭吧。事到如今，奧拉對這種「無重力」的異常環境感到背脊顫抖。

無盡的荒野、廣大的海洋、無邊無際的冰原……她已經穿越了各種各樣的世界來到這裡，不過「羅格斯尼亞」就是最奇妙的界相，絕不會錯。

「原來迷界，也會有這麼沒天理的地方呀……」

奧拉戰戰兢兢地低聲說著。然而，少年卻用鼻音說了一聲「啥？」之後，繼續說道：

「妳~是在說什麼啦。講反了啦、講反了。」

「咦……？」

「『百分之五』——這是存在於迷界的界相當中，公認人類可以生存的界相比例。以迷界整體的角度看來，跟地上環境相似的界相反而才是少數派，這才是迷界本來的面貌。」

少年雖然說得很輕鬆，不過這句話的意義讓奧拉再度顫抖起來。

實際上，假如那道門的位置再偏差一點點的話，他們在來到這裡的那個瞬間就會被甩到真空中死掉了。這裡是人類本來就不可能生存的領域……對於這個界相而言，他們才是不請自來的異物。

想到這裡，奧拉不由得自言自語起來：

「在這樣的世界中，真的會有『迷界最美麗的樹』嗎……」

如果是像『希萊尼亞』那樣的綠洲界相，就算存在世界上最美麗的樹也沒什麼好奇怪。可是，這裡是一個彷彿在拒絕人類的死亡界相。這種地方真的會有她母親所愛的樹嗎？說不定，這可能只是某種誤會……。

然而，尤里溫柔的否定了這位少女的不安。

「放心啦。妳說的十有八九就是『久遠之樹』吧。這棵樹確實就在這個界相裡……只不過，去那裡有必要做一些準備，還得要越過三個『落點』才行。」

「你是說，落點……？」

奧拉對這個沒聽過的詞彙歪頭表達不解。尤里先是回了一句「是啊」，並繼續說：

「就是我們現在站的這個地方啊。我說，妳在上空看過了吧？就是那幾塊發光的東西。」

老實說，她在那個時候陷入半恐慌狀態，幾乎沒有去看周圍……那件事就先不去管，似乎這些島的每一座島嶼都被稱為「落點」。

「現在我們所在的這個地方是『落點．史魯茲』。而妳要找的『久遠之樹』則位在『落點．波爾索倫』。」

簡單說就是還很遠。不過她不會覺得失落，目的確實存在，只要知道這件事就十分足夠了。

很好，那就打起精神繼續向前進。奧拉如此心想……不過，她在這個時候被要求先暫時等一下。

「喂喂，現在振作精神還太早了喔。我不是說了有必要做準備嗎？……啊，對了。既然這麼有幹勁的話妳也來幫忙好了，來這邊一下。」

「好、好的……！」

她跟從少年的招手進入樹木之間，結果，她看到那裡生長了一株矮胖的肉質樹，形狀跟彼岸枕蠔很像，但高度要矮很多，頂多只有一公尺高。

「這玩意叫做龍骨海鞘，在接下來的路程會需要牠。路上，請邊走邊找這玩意兒，要拜託妳盡可能找大一點的喔。」

尤里在說明的時候，也隨手從根部將龍骨海鞘使力切下。他用繩子把牠跟背包緊緊綁在一起，並一臉滿足的點了點頭。雖然自己完全不知道需要牠做什麼，不過要找的話還是可以幫忙的。

「好的，我明白了！」

於是兩人一邊分頭尋找龍骨海鞘一邊在森林中前進。雖然話是這麼說，不過這座森林裡似乎只有彼岸枕螻和龍骨海鞘這兩種選擇，所以這項作業真的很簡單，反而要習慣低重力環境下的步行法還比較困難。

總而言之，在奧拉學會走路方式並收集了超過二十個龍骨海鞘之後，尤里突然站住不動。

「很好，總之到了。」

到哪裡……？正當她想發問的這個瞬間，答案已經出現在眼前了。

森林的邊緣忽然中斷，在中斷的地方是一處陡峭的懸崖。

「畢竟這個落點很小，這樣子就算探索完畢了。哎，如果每個地方都跟這裡一樣狹小就輕鬆了……」

尤里正在旁邊低聲碎念著一些無聊的事情，不過奧拉沒有去理會。她的視線被遙遠的懸崖下方吸引住了。

本來的話，懸崖底下會是海洋或森林之類的廣闊景象。不過，這裡並非如此。深淵般的黑暗——沒有任何聲音、沒有任何氣味，只有純粹的「無」在那邊。

「這、這個……下面會有什麼呢……？」

面對這片彷彿會隨時被吸進去的虛空，奧拉戰戰兢兢的發問。

結果，尤里很乾脆的聳了聳肩，說：

「誰知道。」

「誰、誰知道……」

「不知道也沒辦法啊。從落點是搭乘在某種東西上頭這件事推斷，有人認為下面就是一般的地面，也有人認為下面是密度較大的氣體層，更有一種說法表示底下會產生特殊的力場……不過，誰也不知道真相。搞不好，連『底部』這種概念本身都不存在，物體只會永久下墜個不停吧。如果不管怎麼樣都很在意的話……妳也可以去確認看看喔？假如妳知道了真相，妳就可以成為留名青史的冒險家之一了。不過嘛，前提是妳要能活著回來啦。」

「我、我還是免了……」

奧拉迅速離開懸崖。她想知道的並不是下面有什麼，而是一種不用知道下面有什麼也可以安全移動的方法。

不過，這種方法其實還滿單純的。

「很好，那麼我們就趕快跳吧！」

尤里充滿幹勁的開始做伸展操。奧拉看到他這副模樣，驚訝的瞪大眼睛說：

「跳、你說跳……該不會，我們是要用跳的過去嗎!?可是可是，看起來好像非常遠，而且不管怎麼樣都太亂來了吧……!?」

尤里先前說過，這些看起來像植物的玩意會製造氧氣。那麼，就代表落點與落點之間是沒有氧氣的。而下一個看起來像落點的光點是在遙遠的盡頭。不管再怎麼樂觀的去估算，這個距離都不是能靠暫時停止呼吸就可以過去的。

結果，尤里一臉欽佩的點了點頭。

「哦！竟然能注意到這一點，看來妳也開始習慣冒險了啊。的確，我們就這麼過去的話是會窒息死掉，這時候就該這玩意登場了！」

尤里說完這句話，舉起了他們在路上收集的龍骨海鞘。

「我來說明使用方法，妳要仔細看唷？」

尤里一面說，一面把一株龍骨海鞘拿在手中。然後他把手指戳進了位於海鞘上方的細小裂縫裡面，毫不猶豫的將裂縫左右掰開。裡頭是有黏液覆蓋的細褶層，形狀很像魚的鰓。

「剛才那陣強風，妳還記得吧？產生那陣風的就是這株龍骨海鞘。這些玩意有把空氣儲存在體內的習性，牠們會運用這種空氣壓力來進食產卵或調節體溫……算了，反正原理什麼的不重要。簡單說呢，這些玩意可以用來代替氧氣瓶。」

尤里簡略的這麼說明著，突然探頭親上了那層皺褶，隨即開始用力深呼吸，看起來就像是在跟一管軟綿綿的巨大通心粉親吻……雖然從旁邊看起來這個姿勢還滿詭異的，不過看樣子他確實是可以呼吸。尤里就這麼實際示範了兩、三次深呼吸動作，才讓嘴巴離開龍骨海鞘。

「呼哈！……好啦，大概就是這種感覺吧。用口吸氣用鼻子呼氣，很簡單吧？妳也來試一下看看。」

另一株龍骨海鞘被塞到了奧拉手上，她依樣畫葫蘆把上方的鰓（？）打開，然後試著探頭親過去……。

「唔……這個……腥味好重……」

「這個嘛，是因為牠還活著啦，當然有味道啦？聽話，快點試。」

既然尤里這麼催促，自己也不能逃避。奧拉心不甘情不願地將嘴唇貼在吸氣口上，忍著想吐的感覺反覆呼吸。充滿腥味的空氣從口腔通到鼻腔，這種感覺就算用保守的話來形容，也真的很噁心。

她就這麼呼吸到整個人眼淚汪汪，尤里總算比出了ＯＫ的手勢。

「嗯嗯，感覺不錯。那麼，我們差不多要走嘍。」

於是兩人並肩站立在懸崖邊。「好好抓緊我。」奧拉聽從這句忠告，緊緊抓住少年的身體。現在可不能講什麼好害羞之類的話了。萬一在高空中被甩出去，可是會永久漂浮在什麼都沒有的虛空當中，這種死法真的就免了。

接下來尤里確認準備就緒，便朝向遙遠的光芒……也就是下一個目的地「落點．葛米爾」使勁跳躍。

剎那間，她的全身感受到強烈的衝擊。這是在身體經由異界化獲得強化之後，自己用這副身體全力進行的跳躍動作。先前躍過草原時的速度完全無法跟這一次相提並論。兩人如同砲彈一般被拋向虛空，雖然空氣阻力也相對很強，不過隨著他們離落點越來越遠，阻力也越來越小，最後小到幾乎感覺不到的程度。就在這個時候，尤里低聲說話了：

「馬上就要脫離引力圈了。把龍骨海鞘準備好。」

尤里邊說邊讓海鞘套在嘴上，奧拉也跟著模仿他的動作。當他們完全脫離引力圈時，尤里再取出一株海鞘；正當奧拉心想他要做什麼的時候，尤里突然用刀把海鞘下方切開。瞬間，壓縮的空氣從切口處大量噴出，而釋放出來的空氣成為強力的推進劑，以非常驚人的速度推送兩人的身體。這裡是沒有落點的引力與空氣阻力的虛空，已經沒有任何東西可以削弱他們的力道。在繼續追加第二株、第三株海鞘之後，兩人簡直如同飛翔的彗星，成為一束星光在高空飛馳——這是一次極為鮮明的體驗。

只不過，這都只是一開始的感覺而已。在這個沒有比較對象的世界裡，不管用多麼猛烈的速度前進都會產生一種靜止的錯覺。由於沒有空氣傳遞聲音，因此她也不能跟尤里說話。在最初的興奮感消退之後，她就只能夠忍耐腥臭味努力呼吸了。

在他們就這麼消耗掉第三株龍骨海鞘的時候，閒得發慌的奧拉眼中映入了一個奇怪的景象。

美麗的流星——這是她最自然的第一印象。在他們上方距離遙遠的所在，有一個小點正在移動。而且那個光亮的小點，比她這輩子見過的任何星星都還要美麗。

不過有點奇怪。奧拉很快就察覺到，這個界相並不是真正的宇宙。因此，應該不會存在流星才對。而且重點是，那道光的移動方向非常不規則，有時往右有時往左，才前進一點點又瞬間退回來，簡直就像一隻隨意行動的小貓咪一樣，輕快的改變移動軌跡。

少年有沒有注意到這個異物呢？奧拉將視線轉向尤里，發現他也已經在看那個光點了。不過浮現在他臉上的，毫無疑問是警戒的神色……。

就在這個時刻，她的全身感受到微弱的衝擊。奧拉連忙往下看，落點已經近在咫尺。看樣子他們就要抵達了。

從這裡開始的動作就跟出發時完全相反。兩人將龍骨海鞘的空氣往相反方向噴射減緩飛行力道，慢慢的進入引力圈。接下來只要繼續保持姿勢，就會在空氣阻力的作用下逐漸減速……兩人成功的安全著陸了。

「很好，總之這裡就是中繼地點了。妳沒事吧，奧拉？」

「是、是的，完全沒問題！」

要說她做過的事情，頂多就是吸氣吐氣而已，當然沒問題。

重點是，她其實有一件事情想問。

「請問……剛才的那個是……？」

可能少女一講出來就很容易猜到她指的是那個發光物體吧，少年先是說了一聲「啊啊」之後，便如此回答：

「那是這個界相的主宰……又名『柏德雷雅』的亞龍。」

「!!那、那不就跟、那頭艾諾希蓋歐斯是一樣的……!?」

在聽到這個名詞的一瞬間，少女的腦海中浮現出討厭的記憶。

具有可怕的力量，立足於生態系頂點的存在——那就是「亞龍」。任何努力、任何策略，在那個壓倒一切的力量面前沒有任何意義。只有人類智慧遠遠無法匹敵的絕對王者才能冠上如此異名。

「這樣的話，果然那也是一頭兇暴的怪物嗎……？」

奧拉說完這句話便低下頭去。在得知那道美麗光芒的真實本性之後，她覺得有些遺憾……只不過，這個結論下得稍微早了些。

「不是，那傢伙並不像艾諾希蓋歐斯那樣既貪食又凶暴，大小應該也跟我們差不了多少。」

「也就是說，牠不是危險的生物嗎？」

「嗯～不是，也不能這麼斷言……」

尤里搔了搔頭，一臉在說明時遇上了困難的神情。

「『柏德雷雅』的行動原理呢，是『好奇心』。所以，我們無法預測牠跟我們對峙時的行動。是攻擊我們，還是無視我們，或者是有其他反應……總之沒辦法知道。」

「好奇心、嗎……總覺得很像小孩子呢。」

奧拉不由自主的直接脫口說出感想。結果，尤里意外的點頭說道：

「什麼嘛，妳還挺敏銳的喔……實際上，那傢伙是幼體，成長以後就會變成完全不同的樣子了。」

「哦～這樣呀……我很想看！」

那個生物綻放的光芒是那麼的美麗，她很想看牠成長以後會變成什麼樣子。這真的是一個很自然的感想……不過少年卻回了一個意料之外的答案：

「嗯？那妳不是早就看過了嗎？」

「咦……？」

「什麼啊，妳沒有注意到嗎？」

尤里的神情反而比奧拉更驚訝，接著他開始碎碎念了起來：

「算了，如果因為突發事件陷入恐慌也很麻煩……先告訴妳會比較好……好吧！」

尤里似乎得到了某個結論，他握拳向下擊打自己的手掌，說：

「那麼，我們就去看一下吧！」

「咦？去看一下是去看什麼……呀⁉」

當奧拉打算要反問的時候，已經是她被一把抱起來以後的事了。

於是，奧拉再次被帶去空中旅行。不過這回尤里只是直接往正上方跳而已，似乎並沒有要移動的意思。到底他是為了什麼而跳呢？奧拉在懷著如此疑問的同時，也死命張口緊咬著龍骨海鞘足足有十五分鐘。就在他們來到相當高的高度時，尤里往下方一指，奧拉跟著往那個方向望去，只有看到自己剛才抵達的「落點．葛米爾」而已。畢竟是垂直跳躍上來看的，這也是理所當然。

只不過，她在這時候奇妙的感到不對勁。

由食骨星蟲的微光勾勒出來的落點形狀，看起來有些怪怪的。這形狀與其說是島，不如說、沒錯、簡直就像是……野獸的頭部一樣……。

（——咦，該、該不會……⁉）

在察覺到這件事的瞬間，奧拉瞪大了眼睛。

成對的眼窩、位於兩側的空洞耳孔、並列著牙齒的顎骨……她原本單純以為是島的這個落點，其實是一個巨大到不得了的頭蓋骨。

他們就這麼再度往「落點．葛米爾」降落。在抵達地面的那一瞬間，奧拉發出了拔尖上揚的叫聲：

「尤、尤尤尤、尤里！這、這這、這底下、這是……！」

「沒錯，所有的『落點』都是那個『柏德雷雅』的成體……也就是『亞龍』奧盧葛米爾——又名『尤米爾』的遺骸。」

即使尤里如此鄭重說明，奧拉還是難以置信。剛才看到的遺骸大小跟利伯塔斯市差不多大……而且，這還只是頭蓋骨而已。推估全長的話應該遠比那頭艾諾希蓋歐斯還要大。即使是自己親眼所見的事實，她終究還是難以置信。

「可、可是，為什麼遺骸上面、會有這麼多生物……？」

「啊啊，這其實不是什麼奇怪的事。其他生物聚集在遺骸周圍，這種現象在地面上也很稀鬆平常。畢竟，屍體這東西就是營養滿分的餐點嘛。說的極端一點，我們平常吃的其實也是屍體啊？」

「那、那種說法是怎樣啦……？」

「總而言之呢，遺骸大小到了『尤米爾』這種程度，能夠供給的能量就很龐大，大到足以養育一個生態系。啃食腐肉的腐食性動物、分解骨頭的多毛類、從遺骸中產生的化學物質獲取能量的菌類，以及獵食這些生物的頂級掠食者……大致上是這樣的生態。」

一具生物的遺骸，竟能形成一個完整的生態系……如此龐大過頭的格局讓奧拉頭暈目眩。不過這時候，她突然想到了一個疑問。

「可是，這麼大的生物究竟活在哪裡呢……？」

這個界相是一個空無一物的世界。如果有頭比城市還要巨大的生物，絕對非常顯眼。說到底，很難想像這裡有足夠的食糧來維持那樣的身體。

結果，答案在出乎意料之外的地方。

「上面啊，上面。」

尤里說完這句話，便往頭頂正上方直接指去。她跟著向上一望……不過只能看到完全漆黑的上空。即使如此，她還是凝神注視是否有巨大的龍存在，結果身旁傳來一陣過意不去的笑聲。

「哎呀，抱歉抱歉，這樣子講妳也聽不懂。那片黑暗其實是一層遮蔽光線的氣體……被稱為『雲狀遮光帶』的雲層。『尤米爾』就棲息在那雲層的上面。當然，因為沒有人真的去過那裡，所以這也只是推論。不過妳可以想像一下，一定是一個很棒的世界吧？有一個不受重力影響，充滿龐大能量的生態系。想必會有一大群跟『尤米爾』相同等級的巨大生物。」

聽到這裡，奧拉不禁嘆了口氣。

啊啊，怎麼會有這麼不可思議到極點的世界呢？光憑一具遺骸就能創造生態系的巨大生物，聚集了數百萬頭之後形成了另一個生態系……這完全超過了她的想像能力。

面對眼珠子已經開始轉圈圈的少女，尤里笑出聲來。

「算了，反正那些事情都跟我們沒有關係。重點是，我們快點前進吧。」

於是兩人再度開始在落點上面前進。雖然話是這麼說，不過到處都是大同小異陰溼生物在蠕動著，景色也都一成不變，一旦習慣了就會覺得無趣。兩人淡淡地從一個落點走向另一個落點。

就在他們以時間來說又走過了整整兩天的時候，兩人終於抵達了目的地的前一處地點，也就是「落點．貝斯托拉」的邊緣。

「終於來到這裡了……你瞧，看得到嗎？那裡就是『久遠之樹』的落點……『落點．波爾索倫』。」

在少年所指的位置，可以看到一處漂浮於虛空中的高聳落點。不過，那個落點的形態跟先前奧拉所見的落點完全不一樣。

首先一目瞭然的特色是那個落點的巨大程度。明顯有這個「落點．貝斯托拉」的五倍大。而且，它所綻放的光芒強度與種類也跟其他落點有顯著差異，恐怕是因為發光生物的種類壓倒性眾多的關係。那個落點跟這裡是完全不同的世界。

奧拉忍不住發問。

「那、那個也是落點……對不對……？」

「是啊，沒錯。不一樣的地方是那個落點比先前這四個還要新得多。妳知道的，就算講出來都叫『屍體』，從剛死還有點軟到已經快腐爛的骨骸，也是有各種模樣的吧？落點也是一樣，依據遺骸的分解階段分成四個類型。」

少年又舉了奇怪的例子說明，並在奧拉面前伸手舉起了四根手指。

「在這當中，我們經過的落點全都是第Ⅲ階段……就是死後已經過了滿長一段時間的那種。因為肉跟大部分的骨頭都被啃光了，所以生物種類有一大半都是肉眼看不見的菌類。就這個層面來講，我們的目標『落點．波爾索倫』剛進入第Ⅱ階段，生物種類的多樣性完全不是第Ⅲ階段可以相提並論的。極端一點的說法是……妳就直接當成是完全不同的界相，當然也包括危險性在內。」

這句話代表什麼意思，如今的奧拉已經很清楚了……不過即使如此，這也不構成她停止不前的理由。

「我們走吧，尤里。」

「……啊啊，好。」

於是兩人進行了最後一次的落點間跳躍。

現在她已經可以完全熟練地使用龍骨海鞘呼吸。不過，當「落點．波爾索倫」逐漸接近的時候，一種異質的衝擊倏地向全身襲來。這種彷彿所有內臟都被強制拉扯過去的感覺……就是自己快要遺忘的強烈重力，某種意義上來說還滿令人懷念的。由於質量上有壓倒性差距的關係，引力也因此相對變強。在強烈的重力以及濃厚的大氣層阻礙下，少年還是將外套攤開調節速度，總算成功著陸。

在他們降落的森林中，奧拉對少年先前的話語有了深刻的體會。

紫色的雙頭毛毛蟲、外形像寺廟大鐘的奇異肉樹、一直在搖來搖去的恐怖海葵、還有會散發噁心臭味的巨大蜈蚣……才剛著陸不過幾秒鐘，就有為數繁多的生物群飛入奧拉的視野中。這是繼艾納利亞的密林之後，她又一次看到如此多樣種類的生物。

「來到這裡，缺乏情報的生物也跟著變多了，不要隨便碰牠們。那些以腐肉為食的還算好的……專門獵食那些生物的肉食獸類可是在這附近徘徊啊。」

尤里的目光相當銳利，跟他在先前那幾個落點的神情截然不同，也最能夠顯示這裡的危險程度。奧拉再度緊緊抿住了嘴唇。

於是兩人一面警戒一面前進。沉重的引力落在他們的背上，當然跟地上比是輕許多，不過對於已經習慣先前那幾個落點的極小重力的身體來說，依然是相當沉重的負擔。

不知道兩人就這麼走了多久，當自己連「落點．波爾索倫」的重力都快要習慣的時候，森林前方突然出現了一片開闊空間。

眼前等待他們的光景，讓奧拉說不出話來……不過這並非因為恐懼。

「好美……！」

迎接她的，是一整片廣闊的花田。純白的花蕾清爽的並列在一起，彷彿在迎接兩人一般。

在如此異樣的界相中，這片景色還滿清新的。

「這個叫『似真寒蘭』……我們冒險者把它叫做『和睦之花』。」

「和睦之花」……多麼美麗的名字啊。的確，看到這麼美麗的花田，感覺任何無謂的爭執都沒什麼好在意的了。

……正當奧拉還在陶醉的時候，她的臉突然被布蓋住了。

「哇嗚！……你、你在做什麼～!?」

「別在那邊發呆了，用這個把皮膚露出來的地方蓋住，特別是口鼻這種容易出血的部位。」

少年在說這些話的同時，自己也用薄布把臉包裹起來，接著下了一道奇妙的命令：

「妳聽好，有這種『和睦之花』的地方絕對不能流血，一滴也不行。」

沒想到是禁止出血，為什麼要特別這麼警告呢？原本歪著頭表達不解的奧拉，很快就想通了。

「該不會，這些花其實是吸血花，一聞到血腥味就會襲擊過來嗎……！」

美麗的玫瑰有刺。在這個迷界中，外表和本性不一致是常有的事。

不過，少年搖了搖頭。

「答得很好，不過只有五十分。人類血液中含有的珠蛋白，是這個界相極為稀有的蛋白質。所以不光只有這些花而已，這裡的生物都非常喜歡血，這個部分妳說對了……只不過，這些花本身並沒有傷害其他生物的能力，連一隻羽蟲都殺不死。」

「那為什麼……？」

「跟這些花共生的那傢伙才是問題……」

少年臉色凝重的繼續說下去。

「『鉤爪螺旋蟲』——這個界相最危險的獵食者。這傢伙簡單說就是又強又快，對所有毒素都具有抵抗力，外皮連子彈都打不穿。而且極端好戰。牠的勢力範圍也是廣大到不得了，從這個落點的這一頭到另外一頭，全都是這傢伙的狩獵場。只要被盯上一眼，牠就會追著妳到最後一刻。」

尤里將獵食者的恐怖特性接連列舉出來。

「不過嘛，唯一的安慰大概就是個體數極端稀少吧。畢竟對這傢伙來說唯一的天敵就是同類，在兇猛的性情以及過度強烈的領域意識影響下，同類之間無法共存。所以，在這個落點裡頭也就只有一隻而已。」

在聽到這些話之後，奧拉忍不住反問了。

「咦……只有一隻嗎？」

在先前那幾個落點可能還不好說，但這麼廣大的「落點．波爾索倫」如果只有一隻的話，那麼偶然撞上的可能性應該相當低……。

然而少年發出了「嘖嘖嘖」的聲響並搖了搖頭，隨即揚起下巴指了指「和睦之花」：

「『和睦之花』的存在就是為了彌補這個問題。這些花跟鉤爪螺旋蟲是共生關係，攝取珠蛋白的『和睦之花』會瞬間改變體色，而鉤爪螺旋蟲看到這個顏色就會高速飛奔過來，這就是牠們的共生機制。只要有這些花，鉤爪螺旋蟲就等同於在落點中到處都有自己的『眼』一樣了。」

花朵告知有負傷的獵物，鉤爪螺旋蟲則來狩獵這些獵物。彼此都是「眼」也是「牙」。藉由這種共生關係，鉤爪螺旋蟲能夠輕鬆的尋找獵物，而「和睦之花」則可以分享獵物被啃食時飛濺出來的血——竟然有如此高效且精緻的同盟關係啊。

唯一的疑問是，為什麼這麼恐怖的花，會有「和睦」這種和平的別名呢？

這個問題的答案也真的是簡潔易懂。

「就是因為這樣，在這些花的面前即使是仇敵也會和睦相處。畢竟，一旦打起架來流了血，一分鐘後兩人都會變成鉤爪螺旋蟲的食物。」

即使想要爭執也無法爭鬥，因此「和睦」——這個充滿諷刺意味的別名其實還滿可笑的，不過奧拉並沒有心情笑。

「不過嘛，只要不流血，它們就只是美麗的花。我們快點走過去吧。」

於是奧拉緊緊的貼在少年背後，戰戰兢兢的穿過花園。即使知道不出血就沒事，但自己在聽到那樣的事情之後，還是會害怕得要死。

奧拉直到抵達下一片森林之後，才鬆了一口氣。

「呼，總算撐過去了呀……」

「喂喂，每次都要緊張成這樣的話可是會撐不住的喔。畢竟接下來還有幾個地點是這些花的群居地呢。」

「噁……」

「哈哈哈，不要露出那種表情啦。應該說『和睦之花』還是比較溫柔的了。畢竟肉眼可見的危險，是可以做好預防跟迴避的啊。」

這種說法簡直就好像還有肉眼看不見的危險一樣呀。雖然奧拉這麼想，不過因為太可怕了，她沒有說出口。

「好了，該前進嘍。要到達樹那邊還早得……」

尤里說到一半，突然將嘴緊閉，隨即將身子蹲低到地面，開始掃視周圍。

「尤里……？」

她試著出聲呼叫，不過看樣子他沒有聽見。他似乎正在尋找某些蹤跡。

這個時候不打擾他應該比較好吧？

就在她如此心想並後退時，腳底突然感受到一種奇怪的軟Q彈力。她連忙跳開，發現那裡有一群很像粉紅色毛毛蟲的生物在爬行。這群生物大約有十隻左右，不知為何正在蠕動著……雖然都踩到牠們才說是有點不恰當，不過看樣子牠們似乎沒有危險性。

（好、好～險……）

明明才剛被忠告過，看來自己的注意力還是不夠呀。奧拉在鬆了一口氣之後，察覺到某件事。

雖然因為動作相當緩慢的關係所以不太好判斷，不過這些毛毛蟲，很明顯像是在往某個方向去……不，不對，應該是要離開某個地方吧。簡直就像是、在逃離某個恐怖的東西一樣──

「──果然，這個痕跡……！奧拉，小心。這個界相有──」

少年起身站立，下一個瞬間臉色蒼白。

「奧拉──!!」

「什麼……？」

少年以用盡全力的姿態往這邊呼喚。他的視線……並不是對著奧拉，而是朝向她的背後看去。

惡寒從她的背脊竄上來，但她沒辦法不轉頭。奧拉領悟到命運正等待自己，悄悄的轉頭向去。

後望去。

——那東西，就在那裡。

沒有體毛也沒有脂肪、為硬殼所覆蓋的軀體，六根尖銳如鐮刀的節肢，折疊起來的薄翅，以及……毫無一切感情的冷漠複眼。如果要舉實例來形容的話，牠應該比較接近胡蜂或螳螂之類的肉食性昆蟲吧。牠的形狀毫無一絲浪費，宛如已出鞘的尖刀。光看一眼就知道，牠是一頭專為殺戮獵物而進化的獵食者。

沒錯，奧拉不管願不願意都理解了一個事實，眼前這生物正是「鉤爪螺旋蟲」——羅格斯尼亞最惡劣的獵手。

「啊……」

這並不是因為她中了「和睦之花」的圈套，也不是因為她從一開始就被盯上。這場邂逅完全是偶然——就像是午後散步時意外巧遇朋友一樣——就只是在沒有任何徵兆的情況下突然遇上了。只是這一回，她遇上的對象是頭最糟糕最惡劣的怪物而已。即使要為她的不幸嘆息也沒有意義。

這樣啊，原來少年先前所說的「沒辦法預防跟迴避的危險」，是指這樣的生物嗎？事到如今想這些都已經太遲了。在呆呆站在原地不動的少女面前，對方滿布鋒利棘刺的尾巴發出低鳴聲

——

「——快跑！」

尤里一把抓住奧拉的衣領，帶著她閃避尾巴之一擊後順勢將少女扔了出去。隨即從懷中取

出葡萄乾塞進嘴裡並咬碎，再把它塗抹在自己的臉頰上。

「來啊，這可是你最喜歡的血的顏色喔？好啦，放馬過來吧，異形！」

果肉的顏色紅中泛黑——鉤爪螺旋蟲在看到那顏色的一瞬間就將目標變更為尤里，鋒利的鐮刀狀前肢逼近少年的頸子。儘管軀體巨大到超過兩公尺，牠卻擁有無與倫比的機動力，簡直就像是小蜜蜂一般靈巧。巨大的軀體在這種低重力環境下，根本不構成任何障礙。

然而，並不是只有鉤爪螺旋蟲才能夠運用輕盈的身體。

就在殘忍的鐮刀即將割裂少年的那一剎那，少年的身體受到拉扯往不自然的方向飛去。仔細一看，附近的樹上掛著帶鉤的繩索。

他利用了兩條帶鉤的繩索以及低重力，執行了人類難以置信的高機動戰術。少年簡直就像飛鳥一樣在肉質森林中穿梭。他以如此行動引誘鉤爪螺旋蟲遠離，同時也大聲呼喊：

「——向前進，奧拉！我一定會過去接妳！」

少年和野獸瞬間遠去，只在原地留下這句話的回聲。還不到一分鐘四周就被寂靜包圍，如同什麼事情都沒有發生過一般。留在原地的只有奧拉一個人，她甚至有一種錯覺，就像這一切都只是白日夢一樣。……不過，她的內心無法恢復平靜。

怎麼辦，怎麼辦才好？

倖存下來的奧拉伸手按撫著心跳不停的胸口，並如此自問。

少年能贏嗎？不，不能。那頭怪物怎麼看都不是人類能夠抗衡的對手。就算發射槍彈也會被那身堅固的甲殼輕易彈開吧。不過就算她追過去也只會礙手礙腳。說到底，尤里就是為了讓她逃跑才成為誘餌的。如果他只有一個人的話說不定就可以逃出來了。

沒錯，既然這樣我要做的事情就只有一項。他已經說過「一定會過去接妳」。那就要相信這句話，只管前進。

於是奧拉開始搖搖晃晃的行走。

這裡是奇怪生物四處蠢動的異界森林——獨自一人行走在異邦之地，恐怖感更增添一層。然而即使在這樣的狀況之下，奧拉的心思卻在別處。

現在這個時候少年怎麼樣了呢？在她擔憂不已時，腦海一角浮現出自己所不願意見到的少年悽慘身影。不管她試著甩掉多少次，血跡斑斑的少年身影就是一直不肯從眼前消失。這樣的話，當初他罹患迷界暈但能夠跟自己在一起的時候，還比現在強。

那就是失去自己珍愛之人的痛楚。一想到自己又經歷了一次母親過世時的感受，光是這樣就令她的全身顫抖不已。等到自己有所察覺時，腳步已經停了下來……就在此時。

森林中迴響起微弱的腳步聲。奧拉對鉤爪螺旋蟲的再度出現保持警戒，並隱藏在樹蔭中。

不過，來者並不是牠。

右、左、右、左……踩踏地面的節奏相當規律，很明顯是人類的步伐。

奧拉在意識到這件事的一瞬間，已經從樹蔭中飛奔而出。

「尤里！」

他從那絕境中逃出來了。果然那個人太厲害了。奧拉以歡迎的笑容出來迎接。

——然而，站在她眼前的這個男子，並不是她一直在尋找的少年。

「——哎呀呀～謝謝妳的熱烈歡迎喔～我也很想見妳呢～奈莉亞？」

黏膩的聲音、拐彎抹角的說話方式、刻意裝出來的和善笑容和……冰冷如餓狼的眼神。

站在那裡的不是別人，正是史溫・阿爾巴西。

「為！為什麼你會……!?」

「還問為什麼嘛，當然是因為我在等妳啦～」

聽到這句話她才察覺到，尤里先前發現的痕跡，以及他說到一半的「小心」的意思……應該是他已經察知到這個男子的存在了吧。

不逃不行——奧拉立刻向後轉身。然而，她並未被允許這麼做。轉瞬之間她的手腕就被對方抓住了。

「請、請放開我！」

「等一下等一下等一下，用不著對我擺這麼臭的臉嘛～妳這種反應，叔叔我會傷心的。」

面對露出輕薄笑容的史溫，奧拉死命抵抗並大聲叫喊：

「你、你不是已經放棄了……!?」

「哎呀～這個嘛～其實情況稍微有一點變化了，這份工作變划算了啊～」

「這、這是什麼意思……？」

奧拉瞬間皺起了眉頭，不過她察覺到某件事。原本應該要在的六個同伴，現在一個都沒看到。

也就是說，所謂「變划算了」的意思是——

「你、你該不會……把自己的同伴……？」

「是意外事故喔，意外事故。這在迷界是常發生的事，對吧？」

史溫的嘴唇得意的撇出了笑容。

——不會錯的。這個男子不過就是為了要增加自己分得到的酬勞，就對同伴下手了。

「你、你不是人……你只是頭禽獸！」

「哈哈哈，能被妳稱讚是我的光榮，不過我還差得遠呢。要說真正的禽獸嘛，應該是現在跟小弟弟玩捉迷藏的那東西吧？來吧，妳豎起耳朵聽聽看？」

遠處傳來了幾陣槍聲，彷彿肯定了男子的低語。想必是尤里的槍聲了，他在這個瞬間也在奮力與鉤爪螺旋蟲戰鬥。

然而，史溫竟然對這場生死搏鬥發出輕蔑的嘲笑。

「呵呵呵……那個小弟弟，看起來還挺努力的，不過沒用沒用。鉤爪螺旋蟲可是最強的獵手喔？子彈根本打不穿那身甲殼。妳知道嗎，大小姐？那東西是怎麼殺死獵物的？」

史溫的臉露出了邪惡的笑容，並低聲繼續說：

「在這個時期，也就是那傢伙的繁殖期，牠是不會一口氣把獵物吃掉的。首先牠會用力折斷獵物的手腳，然後從尾巴的毒腺注射麻痺毒素讓獵物動彈不得，再產卵在獵物的身體內。這可是為了提供新鮮的食物，給那些從卵孵化出來的孩子們呢。」

奧拉不由自主的想像了。在身體無法動彈的狀態下，活生生被野獸從體內貪婪啃噬的絕望感……這是她所能想到的最惡劣死法。光是想像就讓人背脊發涼。

看到她的表情，史溫露出得意的笑容。

「哎呀～？該不會，妳真想像了吧？這個嘛也沒錯啦～是很可怕吧～實際上，冒險者當中也是有很多人把鉤爪螺旋蟲稱為『死神』呢～」

史溫喋喋不休的講著一堆她不想聽的事。接著他似乎想到某件事，又補充一句：

「雖然話是那麼說，不過嘛，要論死神風範，牠可是還不如妳呢。」

「你、你說什麼……!?」

奧拉對這句莫名其妙的指責有了反應……這正是史溫的目的。

「還什麼呢，裝傻就令人討厭了啊～因為，小弟弟之所以會跟死神對幹，也全都是大小姐妳害的吧～？也就是說，都是因為妳，小弟弟才會死，不是嗎？」

「怎、怎麼可能……」

「不對喔不對喔，怎麼不可能有這種事呢～如果沒有大小姐的委託，他也不會來到這個界相。哎～呀，女人真的很恐怖呢。把那個小弟弟當犧牲品，光顧著讓自己逃得跟飛的一樣……妳也是用這樣的方式，把自己的母親殺了吧？」

「……!?」

奧拉皺起了眉頭。為什麼這個話題會提到母親呢——？

「喂喂，妳沒有自覺喔？別看叔叔這樣，我可是個認真的冒險者喔，在接這個委託以前已經做過各種調查了～妳母親，真的很讓人同情啊。明明是冒險者卻被關在宅邸裡然後就這麼走了……可是呢，這還不都是因為生下妳這個大小姐的關係嗎？」

「不、不要說了……！」

奧拉不想再聽並將臉別向一邊。但是，史溫並不允許她充耳不聞。

「等一下等一下～真是讓人感動不起來耶，這種態度好嗎？叔叔我、是說錯了什麼話嗎？畢竟呢，結局就是因為產後沒有把月子坐好才會生病沒錯吧？那就表示妳母親如果沒有生妳就會很健康嗎？哎呀～想必一定很難受啊～畢竟妳母親，其實非常喜歡冒險對吧？都不惜在小孩還在肚子裡的時候跑到這麼危險的界相來了。這表示，跟孩子比起來，她更喜歡冒險吧？」

「不、不是的！母親是愛我的……！」

不可以被這個男人的話術牽著走——就算頭腦明白這一點，可是對方一提到母親，自己不論如何都無法默不作聲。奧拉憤怒大喊，但只是讓史溫更開心的露出惡意的笑容。

「這當然只是演的嘍。妳試著想想看吧～在整棟宅邸裡面唯一站在她這邊的就只有大小姐了。就算內心怨恨，也不可以對妳擺臭臉。因為這樣只會讓她的立場變得更糟。哎～呀，要假裝演一個溫柔的媽媽應該不好受吧～？」

史溫舉了幾個聽起來很像回事的歪理，並在最後如此斷言：

「話說回來，按照常理想也該知道啊？被自己不喜歡的暴發戶強迫生下來的女兒，怎麼可能會去愛嘛——大小姐，妳就認了吧，妳是個讓身邊的人不幸的死神唷。」

「怎、怎麼可能、怎麼可能有……」

她試圖否定的聲音，逐漸微弱下去。

自己正是不幸的元凶——並不只是因為史溫那麼說才會這麼想，這其實是她自己在內心某處一直害怕面對的事。沒錯，如果沒有要生自己，母親就不會在那個宅邸被圈養到死。這是一個不論怎麼爭辯都無法抹滅的客觀事實。

殺了母親的人是我。而現在，我又要對那個少年做一樣的事。這樣一來，一切不就跟史溫說的一樣嗎？

原本猛力掙扎的少女手臂，突然失去了力氣。少女低著頭，沒有任何抵抗的跡象……彷彿她、又變回曾經的洋娃娃了。

看到她這副模樣，史溫暗自竊喜。對他來說，用嘴砲擺弄一個心靈脆弱的小女生根本是小事一樁。

「來嘍，該走啦大小姐，回家的時間到了。死神小姐待在籠子裡，也是為了大家好呀～？」

史溫一面以柔軟的聲調低語，一面使勁拉著少女。奧拉只是順從地跟著他走，她的眼中已然看不清現實了。

不管是母親、還是少年、少數幾個珍愛的人，都是因為她才受到傷害。既然這樣就都無所謂了，如果她的意志只會散播不幸，那麼這樣的東西，她也不再需要——

就在這個時候，她的腳尖踢到了地面的某個凹陷處，無力的少女就這麼直接倒在地面上。而倒地時的衝擊則讓某個東西從她的懷中滑落下來，那東西是一把非常小的掌上型槍械——「女神的慈悲」，一把自殺用的手槍。

「……！喂喂，妳居然帶著這玩意～？不珍惜生命可是不行的喔～？好的，我要沒收～」

史溫以調皮的語氣把「女神的慈悲」撿起來。對他來說奧拉是重要的商品，不可能眼睜睜看著她受傷。

就這樣，奧拉連死亡的自由都被剝奪了……不過，不知道為什麼，她回想起了那個少年。

「答應我一件事——妳在死亡的那個瞬間以前，都要認真活下去。」

在耳內甦醒的聲音，是他把「女神的慈悲」交給自己時所作的約定。

她不知道那個少年是否平安無事，母親恨自己可能也是事實。不過，還有另一件事情是確定的。

那就是，她這顆心臟，還在跳動——

「……還……沒……」

依舊倒臥在地上的少女，口中低聲吐露了幾個字。不過，史溫當然不會去在意這種事。

「嗯～？妳說什麼～？好了妳也躺夠了，站起來啦。」

史溫一臉不耐煩的下達命令，並強行把少女的手臂拉起來……而在他讓少女就這麼起身站立的時候，才總算知道她低聲說那幾個字的意思。

「……我、還……沒有死……！」

奧拉堅毅的說出這句話，同時將她原本低垂的頭抬了起來。她手中緊握的，是剛剛摘下來的一小株龍骨海鞘。

不會吧——就在史溫表情扭曲的那個瞬間，奧拉硬是把龍骨海鞘扯裂了。

剎那間，一團空氣從其中全面噴出。就算是史溫，在正面承受這股衝擊之後也不由自主的仰身後退。奧拉趁這個機會，朝樹木之間的空隙奔跑過去。

快跑、快跑、快跑。奧拉如此自我激勵，一心一意的奔跑。她的心臟跳到幾乎快要爆炸，肺部也脹到快要扯裂。然而就算這樣，她的腳就是不會停。她絕對必須要活下去，直到約定的死期到來的那一刻。

奧拉就這樣穿越森林，繼續向前進——

「——好啦好啦~到此為止嘍~」

她的背後唐突冒出這樣的聲響，同時天地整個倒轉。等到奧拉有所察覺的時候，她已經被緊緊壓在地面上了。

「很遺憾喔，大小姐，這個世界是殘酷的~努力並不一定都會有收穫唷~」

以一如既往的語氣嘲笑她的人，就是本該在剛才就已經甩掉的史溫。他別說連一滴汗都沒流，就連氣息也沒有亂。她都已經奮力奔跑成那樣了，但對這個男人而言，卻連隨意散步的等級都不到。

「那麼，我們快點走吧……啊，順帶一提，再逃的話我會把妳的腳折斷，請多包涵。」

在他那平靜的聲音中，蘊含著冷血成冰的殘忍威脅。然而，就算不用這麼恐嚇，奧拉也明白自己無處可逃。對方就算過氣了也還是一個職業冒險者，這個世界也沒有好混到能讓她這個小女生輕易的出奇制勝。這已經是她在至今為止的冒險中學到不想再學的事了。

沒錯，所以——

「……這個世界是殘酷的、嗎。嘻嘻嘻……我早就知道了呀，這種事。」

如今逃跑失敗，又完全被逮住，她已經沒有任何招了。儘管這樣，少女還是嘻嘻笑出聲來。

在看到這一幕的瞬間，史溫全身毛髮都豎了起來。

他知道這樣的眼神。至今他殺過的人當中，有極少數人會這樣。就是即使賭上性命也要發動反擊的人。這女人的眼神，跟那些人是一樣的。

就在這個時候，史溫總算察覺到，在穿過森林之後，他們如今所在的地點有一大片純白的花田——

「喂，喂喂喂，妳在開玩笑吧……？」

事到如今史溫才理解少女的計策。然而，這未免已經太遲了——在史溫還沒逃開的時候，奧拉已經先一步用牙齒使勁咬進自己的手臂中。

紅色的鮮血，從少女柔軟纖細的手臂上流淌而下。在那道鮮血注入花田的那一瞬間，四周染成一面鮮紅，如同火焰熊熊燃燒一般。

啜飲少女血液的「和睦之花」，歡喜的綻放花朵。

「媽的……！」

史溫在咒罵的同時也立刻向後轉身。「和睦之花」染上血色代表什麼意義，他非常清楚。他將少女拋在原地迅速衝進森林。

自己的性命比報酬什麼的更重要。他還沒有笨到會對事物的價值有錯誤的評估……然而，他還是差了一步。

——從頭頂飛來的巨大影子，壓垮了史溫的身體。

「啊，呃……！」

四周響起背脊斷裂的聲音。踩在史溫身上的影子——鉤爪螺旋蟲，用牠的複眼冷酷地俯視著獵物。

啊啊，就是這麼回事啊。

史溫露出詭異的笑容。脊椎損傷，左腕骨折，肺部被斷裂的肋骨刺傷。自己的肉體成了什麼樣，到了他這個等級就可以即時掌握了。在這種狀態下，他能採取的選項只有一個。

史溫將自己唯一能動的右手伸進懷中。他拿出來的是剛才自己搶到手的「女神的慈悲」——沒錯，他是一個熟練的冒險者。所以他知道，不管怎麼掙扎自己都沒救了。既然這樣，用最少的痛苦了結自己就是合理的。他這個判斷毫無一絲猶豫……不過，冷酷的獵食者連這選項都不給。

「咻」一下，一道高速風聲如同說笑一般的輕聲響起……一秒後，「女神的慈悲」連同握著它的手臂一起在空中飛舞。

「呃啊啊啊啊啊啊!!!」

痛苦的喊叫聲響徹四周，鮮豔的血花四處噴濺；而發出嘶嘶聲響啜飲這些鮮血的「和睦之花」——則讓純白的花園在一瞬間化為地獄。然而這不過只是開始。鉤爪螺旋蟲的尾巴再次彎曲，隨即戳入因為痛苦而不住扭動的史溫頸部。瞬間，慘叫聲戛然而止。史溫已經連一根手指都無法動彈，只能將充滿驚恐的雙眼張到最大。而鉤爪螺旋蟲則從牠位於尾部的產卵管，將卵植入自由受其剝奪的獵物體內。

異形登場之後僅僅過了三十秒……史溫就徹頭徹尾的成了活生生的溫床。

那個男子是那麼的強韌且狡猾，但事實上他就跟一隻蟲子一樣被輕易獵殺——面對弱肉強食的殘酷自然法則，奧拉繼續保持不動。不對，說真的她是可以選擇逃跑；可是，她很清楚那是沒有用的。

殺戮者的複眼轉過來看向這名少女。那冷酷的眼睛，已經只將她視為食物了。

啊啊，果然我要死了。連那個史溫都對那頭怪物無能為力，想要發動反擊，根本不可能。

於是……奧拉把掉落在腳邊的「女神的慈悲」撿了起來。

「我……已經很努力了吧……？」

奧拉握著血迹斑斑的小手槍，對自己低聲說道。

她用計策讓史溫陷入圈套，將原本追逐少年的鉤爪螺旋蟲引到這邊來。想必他應該可以趁這個機會逃脫才對。最後她還能夠回報一點恩情，對於自己這樣的人來說，這已經是一大戰果了呀。

她已經盡全力活下來了——現在的她可以自信的說出這句話。所以，已經可以了吧？

奧拉將「女神的慈悲」對準自己的太陽穴，把手指輕輕放在扳機上……可是，為什麼呢？

明明她應該已經接受了死亡，應該已經十分認命了，但她的心臟依然噗通噗通的跳動停不下來。她的肺部全力吸收氧氣，血管則拚命地讓血液循環到全身。最後在她的腦海一隅，甚至冒出了一個奇怪的欲望。「我好想再看一次那個少年的臉」。

她的身體，依然在吶喊著要活下去。自己這個樣子，還真叫人傷腦筋呀。

「啊哈哈，尤里……事情都變成這樣，也沒有辦法了吧？」

奧拉自嘲的笑了起來，再一次把「女神的慈悲」握好。她將槍口對準……的不是自己，而是鉤爪螺旋蟲。面對正要襲來的死神，少女直挺挺的將窗口對準牠，並毫不猶豫扣下了扳機。

瞬間，子彈隨著輕微的爆炸聲被手槍擊出。由科學與算式在背後支撐的人造獠牙，正確無比的穿過死神的額頭——但被牠那甲殼擋下，直接落地。

「女神的慈悲」是自殺用的手槍，其殺傷力非常低，不可能貫穿鉤爪螺旋蟲的堅固外殼。

這是一個極為自然的結局。

而其必然的後續是……鉤爪螺旋蟲朝少女的頸部撲來。

她沒有任何策略，也沒有足以抵抗的武器。在這個迷界，本來就不存在實現奇蹟的神明。

這回真的是結束了。

然而即使如此，少女還是緊握拳頭。只要還活著，就要一直掙扎到最後的最後。這是為了要履行那個約定——

「——喂喂，妳這樣也太亂來了吧。」

一句語帶錯愕的話聲由某處傳來，兩把刀子也同時飛到，刀刃正確無比地穿透了鉤爪螺旋蟲的關節間隙。就在這一瞬間，連子彈都無法對付的凶殘野獸的上半身大幅後仰。

而趁著這個機會降臨在奧拉面前的，是一個比想像中還要小隻，但對她而言卻是世界上最可靠的背影——

「尤里……!?」

「真是的，竟然想正面跟那傢伙對幹，嚇得我都以為自己的心臟會先停耶？」

回頭望著自己的那張臉滿布傷痕，到處都有血液滲出來。不過，那縱情綻放的笑容卻還是一點都沒變。光是看到那張臉，聽到那聲音，不知道為什麼心中的安全感就不斷湧出、滿溢心頭。

少年來找我了——單靠這麼一件事，她的世界就恢復了鮮明的色彩。

不過，狀況沒有任何變化。

已經從飛刀造成的傷害中恢復過來的鉤爪螺旋蟲，不斷夾動牠的鉗子發出喀喳喀喳聲響加以恐嚇。對於羅格斯尼亞最惡劣的獵食者來說，多一個少年助陣並沒有任何意義。不對，不但沒有意義，牠反而只會認為多了一隻食物剛剛好。

不過就算這樣，奧拉依然這麼相信著。

「該不會、你有什麼祕策……！」

少女對他投注希望的眼神。他都用這麼自信滿滿的姿態登場了，想必應該會有什麼策略才對……不過，這份期待卻徹底落空了。

「妳~在說什麼啦，沒辦法沒辦法，不可能贏的好嗎。這個世界可是弱肉強食的喔？」

從聳肩的少年口中說出來的，是一段彷彿已經看破一切的……或者形容得更準確一點，是一段連演都不演，爽快放棄的話語。

不過，他這段話還有下文。

「沒錯，這個世界遵守著弱肉強食的法則。正因如此，我們還是有招可用……話說回來，妳也是看準這點才開槍的吧？」

雖然少年這麼問，但奧拉卻完全不明白他的意思。

我看準這點？到底他在說什麼？我的確用「女神的慈悲」開槍了，但那不過是無謂的掙扎而已，這種沒有任何意義的行動又能……。

一思及此，奧拉突然皺起了眉頭。

這麼說來，尤里跟鉤爪螺旋蟲戰鬥時也曾經開過好幾槍。當然，只要有那身甲殼在，這種行為就沒有意義。可是，難道少年會不知道這一點嗎？——不，這是不可能的。

即使這樣他還是持續開槍，假如這當中有另有深意的話——？

「槍聲」是原本不存在於這個界相的聲音，假如有誰對它有了興趣的話——？

而少年如果從一開始就看準這點，並激發那個誰的「好奇心」的話——？

想到這麼多假說的奧拉，突然將視線朝上方望去。

剎那間，在她抬頭所仰望的高空當中，有一道光芒直直朝地這邊墜下。這道流星的名字是——亞龍「柏德雷雅」。對尤里和奧拉引發的那幾聲槍響，對其中從未聽聞過的聲音和光芒產生興趣的光之龍，如今，正降臨在兩人前方。

……只不過，牠的身形跟她想像的完全不一樣。

豎立的耳朵、像狗一樣尖銳的鼻頭、圓滾滾的大眼睛、細長柔軟的身體以及略短的手腳，體長還不到一公尺。這身體遠比她原本預想的要小太多，與其說是龍，還不如說更酷似鼬鼠或狐狸。只不過，牠有一個那些動物沒有的重要特徵，那就是全身散發的淡淡光芒。這身光芒似乎跟牠的情緒有連帶關係，每隔幾秒就會迅速變換光的顏色。

這還真是一頭奇妙的……不只是奇妙而已，還是一頭非常美麗的生物。

「這就是……『亞龍』……？」

奧拉呆呆的凝視著現出真身的光之龍。「柏德雷雅」也在空中飄浮著，並用圓滾滾的可愛眼睛一直觀察少女。那條比身體還要長的尾巴搖來搖去的樣子，簡直讓牠跟一隻面對自己最喜歡玩具的小狗一模一樣。

不過，這段奇妙的邂逅並沒有持續太久。

一陣「嘰嘰嘰嘰」的刺耳噪音響遍四周，那是鉤爪螺旋蟲特有的威嚇聲。不過，牠的威嚇對象並不是尤里他們。在獵食者的複眼中，僅僅映照出「柏德雷雅」的身影。在眼前的三隻生物中，牠似乎早就理解到哪一隻是最大的威脅。

然而，鉤爪螺旋蟲在這個情況下依然沒有逃跑的意思。因為，牠是王者。打從出生的那個瞬間開始牠就具備吞食的宿命，是君臨食物鏈頂點的獵食者。在這頭只知殺戮的生物本能中並不存在「逃走」這兩個字。這個世界上的一切都是自己的食物。即使對方是亞龍，也要狩獵、殺戮、貪婪啃噬、將其作為食糧。鉤爪螺旋蟲就是這樣的生物。

於是兩頭野獸開始對峙。相對於已經完全進入戰鬥狀態的鉤爪螺旋蟲，「柏德雷雅」還是一直在擺動尾巴且不時眨著眼睛。明明對方是一頭比自己還要大上將近三倍的凶暴肉食獸類，後者卻沒有展露任何警戒的姿態。

牠該不會、不知道鉤爪螺旋蟲是多麼危險的獵食者吧——正當在一旁觀看的奧拉感到不安的時候，鉤爪螺旋蟲突然動了。

牠的壓倒性速度一瞬間就達到最高速。能對這一擊做出反應的生物，即使放眼迷界全境，應該也是屈指可數。看起來鉤爪螺旋蟲的殘忍鐮刀似乎逮住了毫無戒備的龍的身體……就在那一剎那，「柏德雷雅」突然輕巧閃身避開，而這也並非奇怪的魔法或異能。龍就這麼閃身通過鐮刀與鐮刀之間的空隙，輕易到似乎理所當然……然而，鉤爪螺旋蟲的攻勢不可能一次就結束。

牠持續不斷發動怒濤般的猛攻，由六根節肢與銳利的鉗狀大顎所組成的連續攻擊，不會給獵物任何呼吸的機會。只要掃到一下，銳利的鐮刀應該就能夠輕易斬裂光龍吧。這正是一觸即死的死神鐮刀。

……可是，結果沒有任何變化。

往右、往左、往上、往下，柏德雷雅一面閃避鐮刀一面在空中來回飛舞。這動作並不能單純稱之為「飛行」。牠就如同魚在海洋中游泳一般自由自在遨遊於空中，彷彿恰好只有這頭光之龍能夠無視重力的制約。牠的動作甚至輕盈到有些愉快。即使是一被逮住就立即死亡的獵食對決，對「柏德雷雅」而言不過只是一場單純的遊戲。

而這場恐怖的捉迷藏遊戲……唐突的迎向了結束。

在翻身了好幾十圈之後，「柏德雷雅」突然在上空停止不動，接著將頭傾往一邊似乎在窺探什麼。這樣的動作彷彿是在詢問：「你就只會這幾招嗎？」。可是，不具感情的鉤爪螺旋蟲不可能明白這個動作的意思，牠以強韌的四條節肢從龍的正前方獵殺下去——這就是鉤爪螺旋蟲的狩獵法。因為最強的牠，沒必要耍小聰明玩花招搞手段。因此，鉤爪螺旋蟲又一次單純直接向前撲去。

……對「柏德雷雅」而言，這樣的回答已經足夠了。剎那間，龍化為耀眼流星在鉤爪螺旋蟲的周圍輕巧繞了一圈……下個瞬間，鉤爪螺旋蟲的身體被切成一塊塊小碎片，崩潰散落。

就跟小孩子把玩膩的玩具隨手一扔一樣的乾脆——本來應該是最強的鉤爪螺旋蟲，一瞬間成了「和睦之花」的食糧。

「這、這就是……亞龍的力量……!?」

那麼凶惡的獵食者竟然被輕鬆的玩死。對奧拉他們來說，這件衝擊的事實代表一個威脅消失了……不過，這無疑也表示一個更強大的威脅就在這裡。

失去了遊樂道具的光龍，理所當然的將牠的眼睛轉向留在現場的其他玩具——「柏德雷雅」來到兩人正前方，雙眼一直盯著他們不放。

「咿……！」

「柏德雷雅」輕飄飄的靠近一臉驚恐的奧拉。牠聞了聞她的味道、從後面觀察她、還戳了戳她的衣角。可能是第一次見到人類這種生物吧，牠對並不存在於這個界相中的生物充滿興趣。

雖然牠的模樣看起來也滿可愛的，可是奧拉的心情實在無法和緩下來。畢竟，如果這頭龍想要「嘗嘗人類的味道」，那麼她在一秒以後就會被撕成碎片。她不可能萌生恐懼以外的感情。

「尤、尤里……這、該怎麼辦……!?」

奧拉用顫抖的聲音尋求指示。是應該要一口氣衝出去、還是該靜靜的往後退，或者是去恐嚇牠把牠趕走呢？不論如何，下一個選擇都將定生死，不會有錯。

而少年的決定——是以上皆非。

「就這樣、別動。」

尤里的決定竟然是「什麼都不做」，就只是完全停在原地呆站著不動。當然，光龍在這段期間依然穩速接近，縮短與兩人之間的距離。雖然牠忽左忽右來回晃動，但眼睛沒有片刻離開兩人過。不管怎麼看，牠都不太可能就這麼放過他們。

「尤、尤里……！」

「還不行，還不能動。」

即使用顫抖的聲音追問，答案果然還是一樣。她能夠理解急於行動是下策，可是就算是害怕到僵住不動也會得到相同的結果吧。既然這樣不是應該要做些什麼嗎……？

不過在這時候奧拉察覺到一件事。屏息以待的少年眼中所寄宿的神情，不是恐懼也不是放棄。那是她在這個迷界中看過無數次的閃耀光輝——即便以脆弱的人類身軀，依然絕不放棄掙扎的生存意志。少年一直在等待，等待著某樣可以擺脫這個困境的事物。

可是，到底會是什麼呢？

奧拉皺起了眉頭。在這個連時間都彷彿靜止的無重力世界中，怎麼可能出現足以突破現狀的變數——

「……啊。不會吧……!?」

就在少女想到那個唯一的可能性時，尤里有動作了。

「抓緊我，奧拉！」

少年在叫喊的同時也一把抱住奧拉。接著兩人趴到地面上，少年隨即將手上的刀深深插進大地——下一個瞬間，一陣猛烈的強風襲擊兩人的全身。即使他們使勁穩住身體，風力依然足以讓他們的全身向上懸浮，這就是龍骨海鞘噴出的那種暴風。

當然，對於能夠以流星的速度在空中飛翔的龍來說，這種風不過就是微風程度而已。不過，少年已經計劃到後面幾步了。

砰！——突然響起這樣的爆炸聲，同時森林深處竄出激烈的火柱。而且這樣的火柱還不止一道而已，這邊跟那邊都發生盛大的火藥爆炸，在空中噴放火焰之花。還能聽見在這些爆炸聲當中，夾雜著類似笛音的高亢聲響，那是強風在吹過樹木與岩石之間時會產生的所謂「虎落笛」聲。接著更奇怪的事情發生了：隨風飄來了一陣強烈的咖哩味道，接下來還有山椒、大蒜、蔥之類，全都是場合不對到令人傻眼的食材氣味。

爆炸、怪聲、異味……到底發生了什麼事？奧拉面對這片龐大到亂七八糟的情報洪流，只能不停眨眼。但即使如此，她至少還是明確知道這場混亂的元凶是誰。

「謝謝啦，奧拉。託妳的福我才有時間進行作業。」

沒錯，這場怒濤一般的怪現象完全不是任何偶然。在引燃地點安置火藥並進行隱蔽處理、廣灑氣味濃郁的香辛料、在風的行經路線上的障礙物表面開鑿缺口以營造聲響——這一切都是尤里在來到這裡前的短暫時間內所設的機關。

而他的計策，如今十分完全的發揮了它的真正的價值。

火藥在氧氣的充分供應下熊熊燃燒，種種食材恣意散發狂歡的香味，虎落笛聲在強風中演奏七彩音樂，還要再加上原生生物們受到驚嚇而大肆喧囂，熱、光、香、音，一切震撼五官的刺激隨風襲捲羅格斯尼亞，簡直就像一場為旅途終章增添光彩的慶典活動。——因為一陣風，原本僅僅是漂蕩在悠久無重力環境中的無風世界充滿了未知。

而他這麼做，當然就是看準了一件事。

「來吧，玩具已經準備很多了！你愛怎麼玩就怎麼玩！」

在強烈的聲光洪流當中，尤里大聲呼喊著。

如今，在這頭活在好奇心中、愛好未知的亞龍面前，開展了無數不可思議的景象。這些景象對年幼的牠來說等同於寶山。「柏德雷雅」忍不住發出歡喜的叫聲，以興奮的姿態飛上高空。看樣子牠的心情完全就是好到不行。

作戰計畫順利成功。

「進行得很順利呢！」

「是啊，這樣看牠還滿可愛的。」

他們共同分享喜悅並抬頭望向天空，「柏德雷雅」正非常興奮的來回飛舞。牠不停搖著尾巴在上空疾速飛行的模樣，簡直就像隻活潑的小狗。看得兩人不禁生出一股類似飼主的心情。就這樣，盡情玩到爽的「柏德雷雅」就這麼直接飛向遙遠的天空盡頭——當他們以為牠已經走掉的時候，這頭龍突然在原處打轉了一圈，再度飛回兩人面前。

「……奇、奇怪了……？」

「……該不會、沒有讓牠開心到嗎……？」

「柏德雷雅」的大眼睛閃閃發光，一直盯著兩人進行觀察。周圍的確有許多看起來很有趣的玩具……不過，果然牠最感興趣的似乎還是人類。而且，當牠還在這麼觀察的時候風就停了，聲音和氣味也沒了。在回歸寂靜以後，結果什麼都沒改變，危機仍舊存在。

不管盡了多少人事，也不見得能讓女神微笑──在這個千變萬化的迷界中，這是唯一具有普遍性的絕對真理。

「怎、怎怎怎、怎麼辦啦!?你、你有下一個作戰計畫吧!?有吧!?」

奧拉慌慌張張的不斷逼問。結果令她意外的是，少年點了點頭直接回答：「啊啊，有啊，我有個祕招」。

什麼嘛，這樣就好了。奧拉如此心想並鬆了口氣……不過，這份心安只是短暫的。

「在遇上艾諾希蓋歐斯的時候我也教過妳了吧？就是這種狀況的祕招啦。」

「咦……？那、那該不會，不會是……」

「總之呢，就全心全意的祈禱吧。」

「怎、怎麼這樣啦……！」

無計可施的兩人能夠做的事情，只剩聽天由命了。

面對逼近而來的龍，奧拉的身體因為恐懼而縮成一團。

既然已經什麼事都做不了，乾脆就閉上眼睛摀住耳朵，對一切都放手不管。反正自己也無力抵抗，就算抵抗了也不會改變什麼吧。

……雖然她也這麼想過，不過果然還是不行。因為……如果真的把眼睛閉上，就會來不及去做有助於活下去的判斷了。即使可能性僅有幾萬分之一，奧拉也沒想過要讓自己去主動增加死亡的機率。想必，這就是所謂的活下去。

因此，奧拉堅定的挺身向前，在她身旁的少年也同樣這麼做。光龍則一直緊盯著這樣的她。

不知道過了五秒鐘、一分鐘、還是一小時，在這段彷彿很長又似乎很短的時間裡，少女與龍彼此相望。打破這種奇妙均衡的，是龍的動作。

牠發出一聲「啊～」，張開了已經長出小牙齒的嘴巴，向少女靠近。接著用那牙齒——開始啃咬她緊緊握著的那把「女神的慈悲」。

「……啊、呃……你想要……這個嗎……？」

奧拉忍不住發問了。明明牠想奪取的話應該很簡單，但這個姿態看起來更像是為了乞求而一直在啄咬一樣。雖然話是這麼說，不過對方當然不可能聽得懂她的話……然而，龍卻當場打轉了一圈，簡直就像是點頭說對一樣。所以奧拉也回應了龍的動作，將「女神的慈悲」交出去。結果，光龍先是張嘴把槍咬住，然後很開心的在原處轉了好多圈，接著牠就如同彗星一般飛向高空離去，跟來的時候一樣的唐突。

「……得到戰利品、了嗎……哈哈……不小心挫屎了啊……」

在亞龍離開幾秒以後，旁邊傳來一句尷尬的低語。

在聽到這句話之後，奧拉才總算回過神來。

「我、我們……得救了嗎……？」

「看起來是吧……迷界這地方，還真是變幻莫測啊。」

少年聳了聳肩，在他身旁的奧拉則一臉失神的嘆了口氣。

我們得救了，不用死了。她在朦朧的腦海中反覆咀嚼這個事實。她已經克服了命在旦夕的危機，本來是應該要高興到跳起來才對。可是，她一直不怎麼有真實感。坦白說她一直覺得自己完了，所以真得救了也不知道該怎麼反應才好。

尤里伸出手來，放在了這位少女的頭上。

「算了，總而言之——妳很努力了，奧拉。」

少年就這麼輕鬆的微笑起來。

這句安慰話其實也沒什麼，明明他也可以把台詞說得更貼心一點。不過，這麼一句無心的話卻讓她的眼眶逐漸溫熱。就在她心想「咦，好奇怪」的時候，少女的眼睛已經不停滴落著淚水了。

「嗚、嗚嗚、嗚嗚嗚～!!」

「咦，妳、妳怎麼了!?」

尤里看到她突然嚎啕大哭，不禁驚慌失措。從某種意義上來說，這位不管遇上什麼狀況都能冷靜應對的少年第一次心慌意亂了。他應該完全不知道她的眼淚代表什麼意思吧。

可能是對他的遲鈍感到不高興也不甘心，奧拉哭花了臉生氣的說：

「還不都是尤里你的錯～！讓我那麼擔心～!!」

「啊、呃……對不起……」

克服死亡的安心感、長期被迫承受的恐懼感、能和少年再度相見的喜悅之情……這些混亂的情感如同沖破堤防一般不住向外傾洩。極度困惑到不知如何是好的少年，頂多也只能笨拙的撫摸少女的頭，即使他知道迷界的生存方法，但關於安慰女孩子的方法可就一竅不通了。

就這樣，在她的淚水總算止住的時候，少年平靜的開口：

「那麼……我們該走了。」

「嗚嗚……你說走，是要走去哪裡……？」

奧拉不明所以的如此反問，而尤里則在錯愕之餘笑著這麼說：

「喂喂，妳是忘了喔？我們的目的地不是這裡吧？」

※※※※※

於唐突出現的森林盡頭。

為寂靜包圍的山丘之上。

在這處絕世而獨立的場所，它正莊嚴的矗立著。

宛如水晶閃耀的葉片，散發紅寶石般光彩的枝枒，如同琥珀一般閃閃發光的樹幹——「久遠之樹」。這棵被冠以悠久之名的大樹，正不斷溢出與星雲媲美的絢爛光輝。

在這棵大樹的根部站立的少女，一個人這麼低聲自語：

「怎麼會……如此美麗……」

奧拉呆呆的抬頭望著「久遠之樹」。葉片、枝枒、樹幹，一切都彷彿是由寶石製成一般的燦爛，更像是一座奢華的萬花筒。光憑它的莊嚴形象就足以配得上『迷界最美麗的樹』這個稱號。然而，讓這棵樹之所以能夠這麼特別的最大特徵，正是由樹的整體所散發出來的七彩光芒。

這光，像彩虹於空中描繪的七彩，也像寶石誇耀自身的光芒，更像太陽編織的極光……不對，不論是什麼樣的比喻都不能完整形容「久遠之樹」的光輝，這正是無法用言語比喻的美麗。這神祕的磷光不但引人矚目，更能迷惑人心。如果有什麼事物可以跟它相提並論的話，或許就是呱呱落地的嬰孩初次見到的陽光了吧。

面對如此奇蹟般的光輝，奧拉呆站在原地不動了好一陣子。不過，她突然察覺到一件事，在那片幻如薄紗的光暈深處，在琥珀色的半透明樹幹內部，有某個東西在蠕動。

「……？」

奧拉感覺有些不可思議，於是凝神注視。她看到「久遠之樹」內部有個東西正如同玩耍一般在原處轉圈游動，那是一頭像小鼬鼠的生物——

「尤里，這個是……!?」

「妳發現到啦？那玩意是亞龍『尤米爾』的胎兒……比剛才的『柏德雷雅』還要年幼的嬰兒喔。」

「胎兒……？等、等一下，那這棵『久遠之樹』是——!?」

「是啊，沒錯。『久遠之樹』呢……其實就是亞龍『尤米爾』的胎盤。」

這棵美麗的樹竟然是巨大之龍的胎盤？少年述說的真相已經遠遠超脫了她所知道的常識。然而在另一方面，這也是一個可以接受的說法。

在這個以遺骸為食糧、以「死」為基礎的界相中，如今正有一個即將誕生的新生命在悠然胎動——這就是「久遠之樹」。啊啊，原來如此，它確實應該美麗。

「『尤米爾』需要很長很長的時間才能長為成體。在全長好幾千公里的生物聚集了一大群的上層當中，就算是『尤米爾』也沒辦法在幼體狀態下生存。所以，母親會在死亡並墜落到最底層之後才會生下孩子。母親會以自己的遺體當作溫床讓生物群聚，並讓這些生物成為剛出生的孩子的食物。就這樣，孩子在這個安全的場所自由的成長，懷著好奇心四處飛翔，慢慢的、確實的長大。而當孩子成熟向上層飛升的時候……完成使命的母親遺體便會完全腐化。」

從母親的遺體中誕生，經過數萬年之後升到上層。而在完成生命之後，又化為遺體再次墜落於此處；並以自身豐盛的血肉作為數萬生命的食糧，又一次孕育新的子嗣。

這就是命命相連的久遠輪迴。連綿相續的生命之環。作為一個生態系的根源，成為連結一切生命的血肉網路——這正是亞龍此一物種所生存的世界。

啊啊，竟然會有這麼不得了的事呀。

面對遠遠超越人類一生的格局，奧拉發出感動的嘆息。而當她越去理解這種不可思議的生態，就越忍不住這麼思考。

被母親疼愛，活在充滿母愛世界中的龍——這孩子跟我完全相反。

我是啃噬母親以獲得生命的惡魔。母親想必是恨我的吧。我這個受詛咒的孩子不該出生下來，出生在這個世界上本身就是錯的。當然，事到如今後悔也無濟於事……不過就算這樣，我現在，就要回歸應有的形態了。

「真的，好美……」

少女又一次低聲自語，她的表情已經完全開朗起來了。

能夠跟自己最喜歡的的母親看到同樣的景色……已經沒有什麼遺憾了。這樣的結局對自己這種人來說，已經美好到有些奢侈了。真的很滿足了。

而這一切，都要拜這個把我帶到這裡來的少年所賜。

「尤里，我要再一次……真心跟你說謝謝。」

少女坦率的低頭鞠躬，而尤里則別過臉去搔了搔臉頰，說了一句：「這種事，別客氣啦」。雖然時間短暫但也共處過一陣子，她很清楚這是他掩飾害羞的方式。

……不過，少年在這之後低聲說了一句令自己意外的話。

「話說回來了，妳要感謝的對象應該是妳母親吧。她生了一個能到這裡來的健康肉體給妳，真的很令人羨慕啊，我說……妳母親其實非常愛妳喔。」

「咦……？」

母親愛我？這個人是在說些什麼呢？

「沒、沒有這回事……！母親沒辦法回去當冒險者都是我害的……她一定是恨我的……」

奧拉將事實告訴他，不過少年感覺上就是沒怎麼開悟的樣子，他歪著頭說道：

「啊～是這樣的嗎？雖然我不太懂妳怎麼會這～麼想啦……不然這樣，妳用自己的眼睛去確認看看吧。好啦，來這邊。」

奧拉跟著招手的少年繞到了樹的側面。在少年所指的枝椏前端，開著一朵小白花。雖然這花跟「和睦之花」比起來是小滿多的，不過真的是一朵嫻淑可愛的花。

「來，妳的手，伸出來。妳受傷了吧？」

奧拉遵照他的建議把右手臂伸出去，那是先前她自己使勁咬過的手臂。雖然血是已經止住了，不過傷口還是隱隱作痛。

少年輕輕地將花傾斜在那處還在作痛的咬傷傷口上。結果，一道黃金色的花蜜緩慢滴下，在那滴花蜜接觸到傷口的那一瞬間，一種似熱亦冷的奇妙感覺竄往全身。而當她還覺得傷口在發癢的時候……。

「咦……不會吧……？」

曾經出血過的傷口，就在她的眼前逐漸癒合了。連疼痛也完全消失，簡直就跟魔法一樣。

「嘿嘿嘿，怎麼樣？這花蜜呢，是由『久遠之樹』內部的營養液滲透出來的。嗯，如果要說的話感覺上應該像『龍奶』吧？其中含有大量地上未曾發現過的成分，但不曉得是哪一種在產生作用就是了……總而言之，它有著魔法一般的治癒效果。」

雖然難以置信，不過事實上傷口是消失得乾乾淨淨，連疤痕都沒有留下……可是，這與剛才的話有什麼關係？

就在她歪著頭對此表達不解的時候，少年開口說出了這個問題的答案：

「不過呢，這玩意的真正價值並不在於治癒外傷。亞龍的奶……雖然不知道是不是真因為這個特性，不過『久遠之樹』的花蜜自古以來就被當成是『守護胎兒免於不幸的妙藥』而備受重視喔……嗯，說到這裡妳應該已經明白了吧？妳的母親在當了孕婦以後，還不惜橫越極度危險的路途到這裡來的理由……妳的母親不惜賭命也要把妳生得健健康康的，這如果不是愛，還能叫什麼？」

「可、可是……！」

她明白少年想說什麼，刻骨銘心的明白……不過，那一定是錯的。因為這個世界是殘酷的，不可能會有那麼幸福的事，那麼令人開心的事情不可能會是現實。一旦接受了那份喜悅，假如後來知道自己還是錯的，到時候不就會更痛苦了嗎？

看著少女如此怯懦的樣子，尤里無奈的聳了聳肩，接著補充了一段話作為最後結論：

「這樣子還是沒辦法讓妳認同嗎？那麼，我最後再告訴妳一件事吧。先前我說過吧？亞龍『尤米爾』的幼體叫『柏德雷雅』。不過，那只是一個別名。人們賦予『尤米爾』幼體的正式名稱是──亞龍『奧拉帝雅』。這個名字的意義是『受祝福的自由之翼』。越過為黑暗所封閉的世界，最終向高空飛升的光之龍──這就是妳在妳母親心目中的樣子。」

少年直直看向奧拉的眼睛，並真誠的告訴她：

「抬頭挺胸吧，奧拉。妳的母親是希望妳活下去的。」

在這個瞬間，「久遠之樹」綻放的光芒突然模糊了起來。有股溫熱的東西從眼底深處湧出，而她對此完全無可奈何。於泛著一片水霧的視野中，少女確實感受到了一件事。

是啊，這生命真的是母親給我的呀。

母親，對她來說是唯一的立身之處，儘管她已然身故，也無法再見一面。但是……這雙眼睛所看到的光芒，這雙腳所走過的道路，這雙耳朵所聽到的聲音——以及這顆心所感受到的世界，一切的一切都跟母親相連。

沒錯，只要母親給予的生命還在，這世界便是她的立身之處。

「好了，這樣一來差不多是時候了，奧拉。我們已經抵達目的地，不會再有任何干擾，這趟旅程也終於要結束了。所以……來吧，該妳選了。」

說完這句話之後，少年露出滿面笑容並將手伸到她面前。

「選生命、選棺材？畢竟——這是妳的冒險啊。」

終章 ——活下去——

在「第七門之城」北部，被稱為「廢鐵街」的貧民窟中，矗立著一間簡陋的小屋。在這間掛著「救助專家萊因霍爾特」招牌的屋子前方，停著一輛豪華的馬車……從車上下來的人，是一個肥胖的中年男子。

身上穿著外形看起來十分高級的燕尾服，手上戴著無數造型多樣的戒指，靴子是用最高級的皮革製成，白檀木手杖的頂端還有一顆拳頭大小的鑽石。在他那張因為贅肉而臃腫的臉上，彷佛寫著「我是有錢人」這幾個字。

「……哼，會有人住在這種垃圾堆裡嗎？真的很難相信啊。」

這個中年男子以不屑的神情如此低語後，迅速朝眼前的大門伸出手去……不過，他在看到那個骯髒的門把之後便厭惡的皺起眉頭，隨即一面用手帕擦手一面出腳把門踹開。

結果——

「……唷，是你啊。我正在想你也差不多要來了喔——夏洛克老闆。」

在狹小的客廳裡迎接他的，是一名身穿黑色服裝的少年。少年在屋內深處的椅子上坐著，露出了輕佻的笑容。

面對如此臭屁的態度，中年男子——夏洛克用鼻子哼了一聲，說：

「正是，本人我就是夏洛克・斯坦普魯格。本來的話你用這種無禮的態度對我就算死一萬次也不夠……不過算了。重要的是，本人我親自駕到的目的，你應該很清楚吧？尤里．萊因霍爾特。」

夏洛克粗魯的踏入房間，低頭看著少年——尤里並下達命令：

「把女兒還給我。是你帶走她的，我已經調查清楚了。」

這句冰冷的命令，語氣中蘊含了不容反抗的壓力……不過少年毫不在乎的笑了。

「不好意思，這件事辦不到喔。」

「你……明知我是斯坦普魯格家的主人還敢反抗嗎？你應該已經有所覺悟了吧!?」

夏洛克露出憤怒的神色，隨即以手指彈出響聲。下一個瞬間，一群身強力壯的黑衣保鑣不知從哪裡冒出來並整列成一隊，全都戴上太陽眼鏡的他們，感覺還滿有架勢的。

尤里被這群可怕的黑衣人團團圍在中間。不過他卻說了一句「喂喂你們冷靜點啦」，並舉起雙手繼續說：

「你有聽清楚嗎？我說的是『辦不到』……不是『不可以』，是『沒辦法』啦。」

「……！該不會……」

夏洛克似乎從這句話當中領悟到了什麼，他慢慢的繞到少年的背後。在那裡，擺放了一個在一般的客廳中一般來說不可能會出現的物品——漆黑的棺材。

「……迷界不是個溫柔的世界。不管準備得多充分，不管訓練得多麼嚴格，結果是生是死都要看運氣。而這次……運氣不好……」

夏洛克聽著少年的低語，戰戰兢兢的伸手將棺材的蓋子打開。結果……

「什麼啊，裡頭不是空的嘛！」

打開之後的棺材裡面空空如也。別說遺體了，連一件遺物都沒有放。

然而，少年卻聳了聳肩並露出錯愕的表情，說：

「你在說什麼啊，這是理所當然的吧？你是要我從迷界的深處把屍體扛回來嗎？就算連遺物都沒辦法回收也是很常見的事。沒有屍體、沒有遺物、就只是火化一口空棺材……迷界冒險者的葬禮就是這麼回事呀。」

尤里說著說著，自嘲的笑了……然而，那個有些諷刺的表情突然扭曲起來。

「……然而，她不是冒險者，甚至什麼都不是，就只是個女孩子……我必須要保護才對……可是我卻、我卻……可惡！可惡……!!」

尤里把剛才以前的冷靜不顧一切的拋開，緊緊的咬住了嘴唇。在迷界，悲劇是常有的事。不過就算這樣，不甘心的事情還是會不甘心，悲傷的事情還是會悲傷。對自己的無力感到悔恨的少年，眼中甚至浮現了淚水。在見到他的男兒淚之後，就連那些黑衣人也不禁跟著讓淚水從太陽眼鏡底下流出來。

……然而，此時，從某個地方冒出了一陣不合時宜的聲響：

「——噗嗤！……嘻嘻嘻……」

這陣將肅穆的氣氛完全破壞的聲響，是少女努力憋住的笑聲。看樣子聲音的來源似乎是位於角落的壁櫥。

「啊～剛、剛才那個啊，是我養的貓在……」

儘管尤里在冒冷汗的同時還試著糊弄過去，不過已經太遲了。一名黑衣人走向壁櫥並氣勢洶洶的把門完全打開。

結果——

「……啊，被、被發現了嗎……？」

在壁櫥裡面的，是死命忍住不笑的奧拉。

「夠了喔喔喔喔，妳在幹什麼啦～!!我難得想出來的計畫啊啊啊！！」

「可、可是……嘻嘻！尤里的演技……嘻……太好笑了……嘻嘻，嘻嘻嘻嘻……」

「妳、妳這傢伙……！妳竟然敢笑我的熱情演出……!!」

尤里抱著頭痛苦的這麼說，而奧拉則是回想到忍不住發笑。兩人似乎自顧自開演了一場搞笑劇……不過遺憾的是，現在的狀況並不允許他們這麼鬧。

「……喂，你們兩個，這到底是怎麼回事……？」

「唔！」

「咿！」

兩人感受到背後傳來非同小可的怒氣。他們一同轉身向後一望，臉上青筋直冒的夏洛克就在那裡。他的全身不斷發抖，以宛如射殺兩人的目光瞪著這邊，一副下一秒就會爆炸的模樣。面對如此恐怖的壓迫感，兩人都不得不後退了。

「奈莉亞，雖然我覺得不可能……不過妳不會想要愚弄我吧？」

「這、這位老伯你冷靜點，在這個時候呢～首先就是要深呼吸。聽好嘍，說穿了呼吸這件事呢，就是人類的交感神經跟副交感神經……」
「小鬼閉嘴！像你這種窮人說的話沒有聽的價值!!給我閃邊去!!!」
「咿！」
尤里一如既往的想用深奧知識來打馬虎眼，不過當然不管用。怒上心頭的夏洛克氣勢洶洶的逼近奧拉，厲聲開口。
「妳再怎麼不肖也是斯坦普魯格家的千金，離家出走實在太過分了！這種醜聞一旦讓世人知道，我就會成為笑柄！我會對妳嚴厲處罰，妳做好覺悟吧!?好了，跟我來!!」
夏洛克在大吼過後，沒等對方回應就怒氣沖沖的聳起肩膀向後轉身。在他就這麼往馬車方向走回去的時候……突然停下腳步。
應該要緊跟在背後的女兒並沒有在後面。奧拉依然跟剛才一樣站在同樣的地點不動，一直低著頭，看來似乎是因恐懼而動彈不得。
夏洛克俯視著這個女兒，以焦躁的語氣大喊：
「妳在幹什麼!?快點過來！這是命令!!」
他的怒吼響遍室內。如果要說這聲恫嚇有多恐怖，其實是到了連旁聽的尤里跟黑衣人都會將身子縮成一團的程度。直到剛才還有些搞笑的氣氛，轉眼間就煙消雲散。
事實上，直到現在都沒有人在聽到夏洛克的怒吼之後還不會嚇到發抖的。不管是家屬、僕人、還是商業對手，每個人都懼怕他的怒火。這是當然的。他在「金錢」與「家世」兩方面都是世界上的絕對權威……哪裡會有反抗他的白癡呢？

只要有事情看不爽他就大聲責罵，光這麼做就能讓一切都順他的意。對於夏洛克・斯坦普魯格這樣的男人來說，人生就是一場輕鬆的遊戲。

承受這樣的怒吼，驚恐到站在原地不動的少女終於開口……不過，從她嘴唇邊流露出來的，是夏洛克從未料想過的一句話。

「……奇怪……怎麼會這樣呢……不……？」

「嗯？妳說什麼？剛才妳說了什麼？」

「……不……怕……？」

低聲自語的少女，輕輕的抬起了她的頭。駐居在她眼中的並不是以往的畏懼或者是無感，而是純粹的「困惑」。

「……為什麼會這樣呢……？我……不怕你……？」

「什麼!?」

奧拉茫然的說著這番話。似乎她自己才是對自身心境變化最驚訝的人。

——沒錯，在這之前光是看到父親的眼睛就會讓自己怕到全身縮成一團，聽見他的怒吼便什麼都沒辦法思考，一被命令就都照做。對她而言父親是絕對的，他叫我死我就會死，決定一切的人是父親，她從未質疑過這一點。

可是，為什麼呢？

明明自己正被他當面大吼大叫，她現在卻感受不到一絲恐懼感。曾經一直束縛她整整十七年的詛咒，難以置信的消失了。

「妳、妳妳妳、我說妳！到底在幹什麼⁉……竟敢這麼瞧不起我……！」

夏洛克被激怒到臉紅脖子粗，可能是把她這樣的態度視為反抗吧……不過，這時候出乎意外的有人打岔了。從這對父女身後，傳來了一陣大笑聲。

「噗噗、呵呵呵、啊哈哈哈哈哈哈‼」

大爆笑的人，不是別人正是尤里。他笑到不但眼淚都流出來了，還抱著肚子在地上打滾。接著這個少年上氣不接下氣的開口如此說道。

「什麼『不怕』啦？呵呵呵……這是當然的吧！試著回想一下，妳在迷界走過的路程吧！妳橫渡了艾諾希蓋歐斯的海峽，越過了希萊尼亞的冰原，跟鉤爪螺旋蟲對幹，就連亞龍妳都對峙過了！妳可是經歷了一場連普通冒險者都會嚇到失禁的大冒險還活著回來喔？而在目睹那些恐怖的怪物之後，妳看到的卻是這種豬頭老爺耶？根本不可能會怕的好嗎～！」

一開始她就迷界瘋了，然後她從烏爾蘇斯熊手上搶奪獵物，更從史溫的魔掌中逃脫。曾經在迷界中遇上的無數苦難險阻，已在連本人都不自覺的時候成為少女的血肉。

與那些事情比起來，站在眼前的這個男子顯然矮小到了極點。只知道拿著上一代給予的東西——金錢、家世、血統四處招搖，就只是一個跟嬰兒一樣的空殼生物。在她的眼中看來，他甚至有些可憐了。

可能是察覺到女兒用這種視線看他吧，夏洛克滿懷屈辱的失聲高喊。

「妳、妳那是什麼眼神⁉不要用那種同情的眼神看我‼」

夏洛克激動的抓住了少女的肩膀。

她的表情看起來是滿有獨當一面的模樣了，不過畢竟只是一個無力的小女孩。只要用蠻力讓她屈從，她應該就會馬上記得自己的立場才對……不過，這時候發生了一件出乎意料之外的事情。他想要強行把少女拖走，她卻一動也不動。不對，還不只有這樣。當夏洛克抓住少女的手被輕輕揮掉的那一瞬間，一陣強烈的衝擊在他的全身流竄……等到他有所察覺時，已經一屁股難看的坐到地面上去了。

「怎、怎、怎……!?」

剛才到底是怎麼回事？那衝擊簡直就像是被一個大力士扔出去一樣，很明顯不是小女孩會有的臂力。受到屈辱內心動搖的夏洛克，不斷張開又合上嘴巴。面對這樣的他，少年一面忍著笑意一面親切的這麼說明。

「喂喂，老伯你這樣太亂來了喔。我們現在剛從迷界回來，異界化的影響還很強。而且，這傢伙還繼承了她母親的適應體質呢？就算是後面那些黑衣人一起上也不可能打贏她。要是我的話可不會找她打架喔。」

「唔……」

這就是字面意義上的壓倒性力量差距。夏洛克一直在地面上跌坐著，連聲音都發不出來，簡直就跟被蛇盯上的青蛙一樣。

奧拉凝視著這樣的父親，同時輕輕的將手伸入懷中，接著取出了某件東西——在下個瞬間，夏洛克的臉倏然失去血色。因為少女緊緊握著的，是一把微微發出昏暗光澤的刀子。

「等、等等、等一下！妳拿那個東西，到底要做什麼……!?」

夏洛克臉色發白不斷後退。奧拉則緊跟他的動作，握著短劍慢慢向前邁步。她那非同小可的氣魄，讓那些黑衣人也無法動彈。

「我、我知道了！是金錢嗎？妳想要金錢對吧？也好，妳想要多少我都給！好啦，要多少錢，說說看！妳要多少我都可以掏出來！」

雖然夏洛克這麼提議，但奧拉的腳步沒有停止。

「這、這樣嗎，那就是地位對吧？很好很好，就交給我！我會提拔妳當斯坦普魯格商會的執行董事！怎麼樣，這職位很棒對吧？嗯嗯？」

這個替代方案還是沒有效果。

「哈哈哈，我知道了！是名譽吧!?是這個沒錯吧？呵哈哈哈哈，很好！爵位也好勳章也好，我都可以拿過來給妳！好了說吧，妳想要什麼爵位!?快說！」

即使他這麼發問，回應他的也只有刀子的昏暗光澤。

夏洛克終於陷入半瘋狂狀態大聲叫喊了：

「我、我知道了，我知道了啦——這是復仇吧!?妳想要代替妳母親殺了我吧!?」

沒錯，其實他一開始就知道了。從長年的束縛得到解放，並得到強大力量的她，如今期待的事……他只想得到一種可能性。如今的她，正試圖完成母親的復仇。

在他喊出這句話的一瞬間，奧拉的腳步停止了。接著她將已經出鞘的刀子高高舉起，彷彿在表達「你答對了」一般。

「咿咿咿咿咿!!?」

刀子發出迫切期盼獵物的亮光。死亡的預感如惡寒般掠過心頭。夏洛克發出難聽的慘叫聲，同時也總算明白了一件事。

無論金錢、地位、名譽，也不管這些東西值多少價格，這個世界上沒有一樣事物可以跟「生命」相提並論。

不過，一切都已經太遲了。

刀刃筆直揮下，描繪出一道漂亮的弧線——將奧拉美麗的頭髮，整整齊齊的切下。

「什……!?」

原來不是為了要殺我嗎——奧拉向情緒混亂的夏洛克又走近一步，撿起了一綹自己剛切下來的頭髮，靜靜的遞到他面前。

「父親大人，請您收下。這是——我的遺髮。」

「妳、妳說、遺髮……？」

「是的，沒錯。」

奧拉點了點頭，向困惑的父親明確宣告：

「您的女兒……奈莉亞．斯坦普魯格已經死了。如今在這裡的，是您不認識的奧拉。」

那一天，那個時候，在那趟逃亡之旅的最終站「羅格斯尼亞」，她做出了選擇。

奈莉亞就當作死在那裡了……而後，她會以奧拉的身分活下去。這不是任何人幫她選的，是她自己所選擇的道路。

不過……。

「妳到底在說什麼啊，妳……!?妳以為我會允許妳這麼胡說八道嗎！我不同意，絕對不會同意！」

夏洛克甚至忘了自己正陷入絕境，失聲大吼了起來。

奈莉亞死了？在這裡的是另一個我？哼，蠢斃了。這種幼稚的理由哪有可能管用。家世、地位、氣質……人在出生的時候一切都已經決定好了，不可能改變。這個世界就是這麼建立的。

夏洛克滿懷怒氣盯著少女，不過女兒回應過來的，是跟他的表情完全相反的溫柔笑容。

「其實，沒有獲得您的同意，也是沒關係的。因為這是我的……只屬於我的旅程。就算誰都不同意，我同意我自己就好了。」

就這樣，奧拉深深的低頭向他鞠躬。

「父親大人，感謝您一直以來的照顧。我會……走我自己的路。」

從她口中說出來的這段堅定宣誓，理所當然的激怒了夏洛克。孩子充其量不過就是父母的所有物，這些所有物擅作主張實在太過分，根本不可能會有這種事……然而，原本他打算全部講出來的否定話語，在看到奧拉眼睛的那一瞬間，全都化為無形。

女兒的眼裡，既沒有對父親的反抗，也沒有乞請原諒的哀求。在她那雙與藍天相同顏色的眼瞳中……夏洛克的身影已然不復存在。

透過在迷界的旅程，她學會了許多。了解生存，了解死亡，了解真正的恐懼，了解淺薄的夢想；而且，她還了解了無盡的母愛。她的世界原本只侷限在宅邸中，如今已經擴展到無邊無際。面對如此遼闊的新世界，金錢、地位、名譽，甚至多年以來對父親的積怨，都成了不值一提的小石子。

啊啊，原來是這樣啊——夏洛克到這時候才總算明白。這個本應在鳥籠中關著的洋娃娃，不知何時已飛向遙遠的地平線盡頭了。

「……哼，隨便妳。」

夏洛克低聲自語，無力的把交到面前的遺髮收下。然後他默默的起身站立，穿過那些狼狽不堪的黑衣人走向門口。

不過，正當夏洛克打算離開的時候，他突然回想到某件事，開始低聲自語。

「話說回來，以前曾經有一個女人的眼神跟妳很像。她既堅強又美麗，是位像候鳥一樣的女子……不過到頭來，那女人直到最後也未曾屬於我就是了。」

夏洛克就這麼對黑衣人下達命令。

「回去了，準備舉行葬禮。」

於是，夏洛克一行人打道回府，原本吵成那樣的客廳一瞬間就恢復靜寂。

在安靜下來的房間裡，尤里和奧拉又一次轉身看向對方。

「抱歉……一直到最後，我真的都要謝謝你的幫忙。」

「妳在說什麼啊，剛才都是妳自己的力量好嗎。」

實際上，如果要說尤里做了什麼，他就只是演了一齣很爛的戲。演完以後他也就只有目瞪口呆的觀看而已，就立場來說他其實跟那些黑衣人是一樣的。

「不過話說回來了……妳那樣子，還真是斷得很乾淨啊。」

尤里一臉擔憂的指著奧拉已經變短的頭髮。對他來說，像「頭髮是女性的生命」之類的俗話自然是聽過的……不過，奧拉毫不在意的笑了。

「沒關係啦，我剛好覺得已經長到有點煩了。」

奧拉聳了聳肩，表情看起來還滿舒暢的。這讓尤里鬆了口氣……不過，她在這時候出乎意料的追擊了。

「重點是……你沒有什麼要說的嗎？」

「咦？」

「感想呀，感想。女孩子都換髮型了，你說句話應該沒關係吧？好啦，你覺得怎麼樣？」

奧拉如此催促，同時將臉頰順勢湊近了過來。

隨風搖曳的短髮、清澈的藍色眼眸，兩者與柔和的微笑相得益彰。少女給人的感覺，就像在野地裡盛開的花朵一般令人憐愛。何況，拜那些煩人的頭髮已經不在臉上所賜，她本來就足夠美麗的容貌如今更加亮眼……。

「……這、個嘛，不是很好嗎？」

尤里不自覺看到入迷，連忙將視線移往別處。奧拉看到他的反應，嘻嘻笑得很開心。

「更、更重要的是！」

領悟到形勢不利的尤里，強行轉變話題。

「接下來妳打算怎麼辦？妳已經自由了，任何人都可以當，任何事也都可以做喔？」

在克服了積年累月的束縛之後，如今無限的未來正在少女的眼前開展。一切都看她怎麼選擇了。

「這個嘛……該怎麼辦呢？」

奧拉裝出一副苦思的模樣，並發出了一聲「嗯～」之後，悄聲這麼說：

「對了，比方說當你的妻子，之類的？」

「咦!?妳、妳、我說妳、說、說什麼……」

「說笑的啦～我在開玩笑，嘻嘻嘻！」

「妳、妳喔……」

在這個笑得十分調皮的少女臉上，已經不再有任何一丁點昔日的洋娃娃模樣。她那對閃耀的眼瞳，正直視著從窗戶射進來的光線。

「可以當什麼，可以做什麼，老實說我還完全不知道。不過……我一定可以有所成就的。因為，我是活著的呀。」

沒錯，今後她會如何發展，會走過什麼樣的人生，會達成什麼樣的事情，這些問題誰都不知道答案。如果要說有什麼事情是可以斷言的話，只能說這段路程決不會輕鬆。痛苦、困難、不幸、不合理，這些應該都會在今後等待著她吧？那也是理所當然的。畢竟人生是一場永無止境的冒險，絕對不是一件容易的事。

然而即使如此，至少有一件事情是確定的。

那就是不管這段路程有多麼千辛萬難，她都必定會跨越前行。即使有時會跌倒、有時會迷失、有時甚至會因不知該如何是好而停下腳步……就算這樣，她還是會不斷地邁步向前，繼續前進。

因為她，正確實的活在當下。

「只不過在那之前……我肚子餓了！走吧，尤里！」

「啊，好啊！」

就這樣，奧拉踏出了屬於自己冒險的第一步。

後記

初次見面，我是紺野千昭。這回能夠讓您將本作拿在手上，謹向您誠摯的表達謝意。能夠讓您就這麼讀到此刻，是我最大的榮幸。

本作是所謂的奇幻作品，仔細想想我跟奇幻世界的相遇是在自己還是小學生的時候，當時正是海外兒童文學流行的時期。我自己也如同大多數人一樣對這類作品相當著迷，像是某個擁有閃電疤痕的魔法師的故事，某個有關七座塔的故事，某個嘴巴很壞的惡魔的故事等等，我對這些作品都有讀到渾然忘我的回憶。

只不過，讓我印象最深刻的作品，不管怎麼說都是某個蒐集寶石的故事，這也是讓我愛上奇幻世界的契機。首先那個閃閃發亮的封面就非常驚人，小學生看到那種東西一定敗家的，我也是被徹底征服了。當然內容也很刺激，有強大的怪物跟荒謬的魔法，數不清的危機逼近而來，我方則用機智與團結克服，最後得到了下一顆寶石。我所憧憬的大冒險的一切全都在那本書裡。第一次讀到那個故事時的興奮感，我想自己會一輩子銘記在心。

順帶一提，我人生第一部小說也是在那個時期寫的。記得是在小學生的空白筆記本上隨便寫了三行以後就因想不到後續要怎麼寫而放棄了。我只記得主角的名字叫做「基爾特」。對於當時沒有構想也沒有大綱就開始書寫的蠻勇，我很想誇耀一下。現在那本空白筆記本應該還在老家的某個地方吧……因為寫這些東西讓媽媽讀到的話，她可能就會自己開始找了，所以我要事先叮嚀，請讓它在原處安眠吧。

雖然總覺得好像寫成了回憶錄，不過我希望我的故事能儘量帶給讀者近似於那時候的自己所感受到的興奮感，並以此為目標而努力。

勉強歸結了一段文章，最後請讓我藉這個場合述說感謝的話。

首先我要對各位讀者表達最大的感謝。您的閱讀讓這些文字的排列組合第一次產生意義，請讓我衷心對這件事獻上感謝之意。另外，感謝我的責任編輯T先生以及編輯部的所有人員，我想今後可能也會替諸位添各種麻煩，不過還是請各位長久給予指教。接下來我要感謝負責插圖的大熊まい老師。我收到的插圖對我自己來說，是比那個閃閃發亮的封面還要棒的寶物，真的非常謝謝您！再來要感謝幫助我的家人、朋友，以及可能直接跳過本篇故事只看這則後記的祖母。雖然是這樣的時代，也還是請各位保重身體，隨時都可以打電話過來喔。

好了，因為寫到這樣也剛剛好，我想就先在這個地方擱筆。如果還能夠在某個地方相會的話，到時候還請一定給予指教。

紺野千昭

國家圖書館出版品預行編目(CIP)資料

奇世界大縱走：救援者尤里的迷界手帳 /
紺野千昭著；K.K. 譯.
-- 初版. -- 臺北市：臺灣東販股份有限
公司, 2025.05
260 面；14.7x21 公分
ISBN 978-626-379-897-7(平裝)

861.57 114003742

奇世界大縱走～救援者尤里的迷界手帳～

2025年5月1日初版第一刷發行

作　　者：紺野千昭
繪　　者：大熊まい
譯　　者：K.K.
編　　輯：魏紫庭
發 行 人：若森稔雄
發 行 所：台灣東販股份有限公司
＜地址＞台北市南京東路4段130號2F-1
＜電話＞(02)2577-8878
＜傳真＞(02)2577-8896
＜網址＞https://www.tohan.com.tw
法律顧問：北辰著作權事務所蕭雄淋律師
總 經 銷：聯合發行股份有限公司
＜電話＞(02)2917-8022

TOHAN